Max Halbe

Freie liebe

Modernes Drama

Max Halbe

Freie liebe
Modernes Drama

ISBN/EAN: 9783743439139

Hergestellt in Europa, USA, Kanada, Australien, Japan

Cover: Foto ©Andreas Hilbeck / pixelio.de

Manufactured and distributed by brebook publishing software
(www.brebook.com)

Max Halbe

Freie liebe

MAX HALBE.

FREIE LIEBE.

MODERNES DRAMA.

GUBEN.

Verlag von F. Krollmann.

1890.

Menſchen:

Ernſt Winter.

Frau Winter, ſeine Mutter.

Luiſe Horn, Stütze der Hausfrau beim Geheimrath Pecker.

Franz Binder, Photograph, früher Student.

Ludwig Lutz.

Fritz Hagen, Maler,

Alice Hagen,

Franziska Hagen,

Geſchwiſter,
Kinder des Kaufmanns Hagen.

Frau Riedel, Klavierlehrerin, Hausfreundin bei Hagens.

Hedwig Rabe, Confectioneuſe.

Frau Borchardt, Portiersfrau.

Wilhelm Poretius, Hilfsprediger.

Ein Schutzmann.

Zeit: Gegenwart.

Ort: Berlin.

Erster Aufzug.

Winterſonntag. Gleich Nachmittag. Kalter klarer Sonnenſchein. Behaglich möblirtes zweifenſtriges Zimmer. Grüne Plüſchgarnitur. Schreibtiſch am Fenſter. Bücherrepoſitorium. Landſchaftsphotographien an den Wänden. Eingerahmtes Familienbild über dem Sopha.

———

Winter (zunächſt allein). Winter iſt mittelgroß, blond, nervös beweglich. Graublaue Augen. Scharfer Ausdruck. Schnurrbart. Sorgfältige Kleidung. Zwicker. — Winter ſitzt lang ausgeſtreckt in einem der grünen Seſſel und lieſt. Legt plötzlich das Buch weg und horcht. Da er nichts hört, lehnt er den Kopf hinten auf die Seſſellehne und ſtreckt ſich noch behaglicher und zwangloſer aus. Lautes Gähnen: A—a—a- ah! Es ſchellt draußen. Man hört Thüren gehen und Stimmengeräuſch. Es klopft an Winters Thür.

Winter. Herein! . . . Herein!!

Binder (tritt ein). Binder iſt hoch gewachſen, ſchlank. Braunes Haar. Gleicher Schnurrbart. Im Geſicht Menſurnarben. Rothe geſunde Farbe. Haſtig zerſtreute Bewegungen. Alter Mitte Zwanzig, wie auch Winter.

Binder. Guten Tag! Ich komm' wohl 'n bischen ſpät. Entſchuldige! Aber im Geſchäft . . Luiſe kommt wohl gleich.

Winter (ziemlich gleichzeitig). Mahlzeit! Spät? Dach wo! Is ja erſt drei . . Nein, Luiſe kommt heut' nich vor fünf. Armes Kind! Kann nich eher ab. Scheußlich! Selbſt die paar lumpigen Sonntage! Ae!!

Binder (ſteht nachdenklich an einem Seſſel, Hut noch in der Hand).

Winter. Na leg ab, Mann! Mach' Dir's bequem! Na, aber bitte doch, das is ja ungemüthlich!

Binder (legt ab, noch immer nachdenklich, ſetzt ſich in einen der grünen Seſſel).

7

Winter (im andern grünen Sessel). Na, wie geht's sonst? Was macht's Geschäft? Viel Aufnahmen gehabt?

Binder. Ach, das is ja die reine Goldgrube. Ich weiß nicht, wenn der Mann nich in Kurzem 'n reicher Mann wird. Na, das Geschäft möcht' ich auf 'n paar Jährchen . .

Winter (ironisch). Ach, wirklich? . . Gemüthsmensch!

Binder (eifrig). Ja, da wär' mir geholfen. Da hätt' ich für mein Leben genug. . . Ja. Wie ich jetzt lebe . . das wär' vollkommen genügend. Da könnt' ich mich ganz ruhig in die Kunst stürzen.

Winter. Na, wer weiß, vielleicht kommt's noch mal.

Binder. Ja, Kuchen!

Winter. Uebrigens, das kannst Du jetzt doch auch . .

Binder. Was?

Winter. Dich in die Kunst stürzen. Ich denk', das thust Du doch auch.

Binder (resignirt). Nettes stürzen! Das bischen Zeit, was einem vom Geschäft übrig bleibt . . Na, die drei Wochen, wo Du jetzt weg warst . .

Winter. Und doch 'ne größere Sache zu stande gebracht . . Um so verdienstvoller also.

Binder (verlegen abwehrend). Ach, Unsinn! Woher weißt Du denn . . Wie kommst Du überhaupt darauf?

Winter. Na, mein Lieber, Du bist ja gestern Abend schon auf dem Bahnhof in die Falle gegangen. Mit einer Sicherheit übrigens . .

Binder (unschuldig). Welche Falle?

Winter (komisch entrüstet). Welche Falle!

Binder. Scheußlicher Mensch!

Winter. Na also . . Was hast Du denn nu modellirt? Wieder Akt?

Binder. Na ja, ich glaub', es is ganz gut geworden. Is übrigens noch nicht fertig. Was ganz Modernes! Nein, kein Akt . .

Winter. So, also was ganz Modernes? Also z. B.

Binder. Was ganz Modernes! Ein Stück sociale Frage . .

Winter. Ein Stück sociale Frage . . Ei, ei. Na ja, das war ja immer Dein . .

Binder. Ja . . Na, Du wirst ja sehen, wenn's fertig is.

Winter. Eher nicht?

Binder. Nein, eher nicht.

Winter. Also ein Stück sociale Frage? Was ganz Modernes .. Ja, ja ..

Schweigen.

Binder (seufzend). Ach, was hilft das Alles! Man kommt ja doch zu nichts. Is ja zu spät .. Ja, wenn ich früher angefangen hätte! Die schönste Zeit meines Lebens verbummelt! Schmählich vergeudet .. Ja, ja, das sind die Consequenzen eines verbummelten Lebens ..

Winter (achselzuckend). Ja ..

Binder (eifrig). Ich bin an meiner Erziehung zu Grunde gegangen. Am Gymnasium und am Studententhum ..

Winter. Unsinn! Du bist eben n i c h t zu Grunde gegangen.

Binder. Na, sag' doch selbst. Was für Aussichten hab' ich denn? Bestenfalls ein mäßiger Retoucheur mit 150 Mk. monatlich, allerhöchstens 200, der in seinen Freistunden 'n bischen 'rummodellirt und 'rumdilettirt .. Und abhängig mein Lebenlang —! (verbissen) Und man muß noch froh sein, daß man überhaupt .. Man hätte ebensogut im Rinnstein .. Ja, ja ..

Schweigen.

Winter. Unsinn, alter Kerl! Du siehst die Sache ganz schwarz. Zur Abwechslung mal wieder. Gestern Abend sprachst Du ganz anders. Nein, Du bist n i c h t zu Grunde gegangen. Höchstens auf den Grund. Aber Du wirst wieder auftauchen, ich habe die feste Zuversicht.

Binder. Ich nicht .. Ich bin v o l l s t ä n d i g verunglückt.

Winter. Gut, Du bist also v o l l s t ä n d i g verunglückt. Seh' ich doch mal, wie'n vollständig Verunglückter aussieht .. O je!

Binder (muß lachen). Na ja, is doch wahr. Ich bin nichts geworden, was ich werden sollte ..

Winter. Ich auch nicht.

Binder. Wie so?

Winter. Na, das weißt Du doch ebenso gut wie ich.

Binder. Ja, das is ja richtig. Du bist weder Richter,

9

noch Lehrer, noch Professor geworden, oder dergleichen. Aber Du bist geworden, was Du werden mußtest.

Winter. Hm — manchmal kommt mir das zweifelhaft vor.

Binder. Mir nicht.

Winter. Das Leben ist sehr vielgestaltig. Glücklicherweise —! Die Kunst ist nicht das einzige. Glücklicherweise! Thun, Handeln, Schaffen . . . . . na kurz, Leben ist auch etwas. Manchmal kommt mir's vor, als ob über dem Schreiben das Leben zu kurz käm'. Das sind so Stunden . .

Binder. Launen! Wo fehlt's Dir denn am Leben? Du hast es ja . . Du hast es . .

Winter. Meinetwegen Launen! Aber sie sind doch da. Sie sind und sie kommen wieder. . . Uebrigens, Du hast recht. Es sind Launen. Ich hab' wirklich keine Veranlassung, mich zu beklagen. Ich fühl' mich eigentlich riesig behaglich in meiner Haut. . . Augenblicklich . .

Binder. Na also.

Winter. Das Leben is doch eigentlich 'ne famose Erfindung.

Binder (achselzuckend). Ja, warum nicht!

Winter (nachahmend). Warum nicht! Das sagst Du mit einer Grabesmiene . . der reine Todtengräber!

Binder (unwillkürlich lächelnd). Na ja.

Winter. Mann, sei doch vergnügt! Sei doch lustig! Sieh doch blos mal auf die Straße runter! Sieh doch blos mal den famosen Sonnenschein! Der is doch allein werth, daß man lebt.

Binder. Jetzt kann ich sagen, Du hast auch nicht immer so gesprochen. . .

Winter. Meinst Du? Hm . . ja, ja, mag wohl sein. Oder vielmehr eigentlich sicher. Na jedenfalls, dann sprech' ich jetzt so. Is mir ganz egal, was ich mal gesagt hab'! Ganz egal!

Binder. Auch was Du noch mal sagen wirst?

Winter. Ja, auch, Du Unglücksrabe . . Allerdings! Ganz egal! Tout égal! Egaler als egal! Noch 'n paar Steigerungen? Also kurz und bündig! Ich scheer' mich den Teufel drum, was ich mal gewesen bin oder vielleicht mal

sein werde. Vielleicht wird man überhaupt nichts sein .. also
.. na jedenfalls bin ich jetzt was. Aus Rand und Band
bin ich!

Binder. Ja, Du hast gut lachen. Heut Nachmittag ..
wann, sagst Du, kommt Luise?

Winter. Ja so .. natürlich! Hab' keine Angst, Du
wirst sie nicht treffen.

Binder. Ich könnte ja so lange hier bleiben. Is doch
eigentlich doll, daß ..

Winter (kühl). Wenn Du willst .. ich kann Dich
natürlich nich hindern. Aber ich glaub' nich, daß Luise gerade
sehr .. Du kannst mir glauben, ich hab' ihr schon oft den
Vorschlag gemacht. Aber sie will nichts davon wissen. Sie
meint, sie will keinen von meinen Freunden sehen.

Binder. Ja, aber warum denn nicht?

Winter. Ja, Gott! .. Vielleicht weil sie fürchtet ..
oder .. na ja, sie genirt sich vielleicht. Nein .. geniren
eigentlich nicht .. oder .. na kurz, es is ihr eben unangenehm.

Binder. Ja aber ..

Winter. Man kann nich wissen. Der eine oder der
andre könnte vielleicht doch aus der Rolle fallen .. Redens=
arten machen .. es is ja blos meine Geliebte .. Hä! Da
kann man sich schon was rausnehmen. Und das könnte sie nicht
vertragen, und ich auch nicht. . .

Binder. Ja gewiß, das erkenn' ich vollkommen an.
Aber ich dächte, bei mir wärst Du doch sicher. Ich dächte, da
ist doch jeder Zweifel ausgeschlossen.

Winter. Gewiß .. Ja, ja .. Aber ..

Binder. Du solltest wirklich demnächst mal so'n kleinen
Abend arrangiren .., so'n Sonntag Abend. Hier auf Deinem
Zimmer. Wir drei .. Ein gemüthliches Abendbrot .. Nachher
'n Glas Bier oder Punsch oder so was .. Gemüthliche Unter=
haltung .. Reizt Dich das gar nicht?

Winter (halb wider Willen lächelnd). Gewiß .. Ja, ja ..
aber wenn Luise doch nicht will ..

Binder. Ach, sie wird schon wollen. Sag' ihr nur,
ich nehm' ihr sehr übel, daß sie für den nächsten Freund ihres
Geliebten so wenig Interesse zeigt.

Winter. Bitte sehr, das ist nicht wahr. Wir sprechen

oft genug von Dir. Sie ist ziemlich genau über Deine Lebensgeschichte orientirt.

Binder. Ja, leider! Ich kann mir denken wie .. Das wird wohl der Hauptgrund sein, warum sie .. Scheusal Du!

Schweigen.

Winter. Sag' mal, Kerl .. Was hast Du nu eigentlich von der Bekanntschaft mit Luise?

Binder. Meinst Du, ich will meine Sonntage immer allein durchbringen? In der Oedigkeit wie jetzt .. Ne, das kannst Du doch nich verlangen.

Winter (lacht laut auf). Na, das is ja wirklich großartig!

Binder (mit erstauntem Lächeln). Na ja, da lachst Du. Is doch wahr! Du hast gut Lachen! Ich sag' ja .. Du bist in jeder Beziehung ein beneidenswerther Mensch.

Winter (wider Willen lächelnd). Wie man's nimmt ..

Binder. Nein, nicht, wie man's nimmt. In jeder Beziehung! Unabhängig ..

Winter. Na, das doch aber eigentlich erst seit gestern. Das kommt doch noch gar nicht recht in Betracht. Ich weiß noch gar nicht recht, wie das thut.

Binder. Is doch ganz egal. Du hast es doch jetzt. Ferner die Hauptsache, Luise ..

Winter. Ja, unangenehm ist der Gedanke grade nicht. Ich meine, von Niemandem abhängig sein .. Ne, (aufathmend) ich sag' Dir, man athmet so bis in den Bauch hinein auf .. So tief und frei! Ah! (streckt sich) So'n unsägliches Behagen! Ich sag' Dir, man fühlt das ordentlich körperlich .. So 'ne Weltumarmungsstimmung! Berlin is doch 'ne famose Stadt .. Da draußen aber ist's fürchterlich!

Binder. Wo?

Winter. Na, da draußen .. Da, von wo ich hergekommen bin. Na, wo ich jetzt die drei Wochen war. Zu Hause .. Ich meine nicht speciell zu Hause .. Aber so die ganze Stimmung da oben!

Binder. Ja, interessant wär' es mir auch mal wieder, da nach oben zu kommen, wenn man so Jahre lang nicht mehr da war .. Wirklich Jahre lang! Ja, ja, die Heimath .. Siehst Du, das hast Du auch vor mir voraus.

Winter. Ich sag' Dir, eine Atmosphäre da oben, man

begreift gar nicht, wie man's mal da hat aushalten können . . Gegen Hause speciell hab' ich ja nichts. Nein, aber die ganze Stimmung so da oben . . So schwer, so dumpf! Lauter verbrauchte Luft! Ah! Man athmet hier ordentlich auf . . es geht doch ein freierer Luftzug durch dies Berlin. Wenigstens schon so'n Ahnungsfächeln von was Neuem, was Frischem. 's is freilich auch noch sehr Zukunftsmusik, aber bei uns is alles Vergangenheit . . Alles! Lauter alter Schutt und Moder! Lauter Kellerwürmer! Man begreift wirklich nicht, wie man's mal hat aushalten können.

Binder. Wie stehst Du jetzt eigentlich mit Deinen Eltern?

Winter. Gut! Wie soll's stehen . . Gut! Du kannst Dir's doch schon denken, wenn sie mir das aus freien Stücken anboten . . die Rente.

Binder. Is es hoch? Eigentlich indiskret.

Winter. Na, es r e i ch t jedenfalls. Bei mäßigen An= sprüchen . . Also . . Und dann hab' ich ja auch noch meine Feder. Darauf kann ich mich doch auch einigermaßen verlassen. Vor 'nem halben Jahr konnt' ich das noch nicht sagen. Aber jetzt . .

Schweigen.

Binder. Warst Du schon bei Hagens?

Winter. Nein, ich geh' vielleicht heut' Abend noch hin. Eventuell. Oder morgen Nachmittag. Das is ja nicht so eilig. Warum?

Binder. Früher wär's Dir vielleicht eiliger gewesen.

Winter. Na das is ja wirklich wunderbar! Gestern Abend spät gekommen. Heut' Vormittag mit dem Auspacken natürlich zu thun gehabt u. s. w. Wie sollt' ich da eher hin= kommen? Ich weiß nich, wie Du so was . . Ich dächte, meine Freundschaft mit Hagens steht doch 'n bischen fester. Is doch auch nich erst von gestern. Wie steht's da übrigens?

Binder. Von der Freundschaft red' ich auch nicht. Aber . . Aber . . Gott, wie soll's stehen? Wie immer. Alles beim Alten. So weit ich das beurtheilen kann. Leider!

Winter. Na, sag' mal, Franz, was meintest Du eigent= lich mit dem vorher . . Mit Deinem verdammten . . Na?

Binder (unschuldig). Womit?

13

Winter. Apropos, trinkst Du 'ne Tasse Kaffee?

Binder (behaglich). Ja, warum nich. Is mir gar nich so unangenehm. Mach' Dir übrigens keine Umstände!

Winter (beschäftigt sich mit dem Spiritusapparat). Durchaus nicht! Bin schon dabei. Das Ereigniß vollzieht sich hier gewöhnlich sehr schnell auf dem Apparat. Also bitte! Aufrichtig!

Binder. Was?

Winter (noch immer beschäftigt). Na, nu thu' doch nich so .. Au! Verdammte Geschichte! Na, brenn', dämliches Thier! Na, endlich. (Setzt sich wieder.) Du meinst doch jedenfalls mit Alice?

Binder (halb lächelnd). Na ja, selbstverständlich!

Winter. Selbstverständlich!

Binder. Winter, Winter, es hat Zeiten gegeben ..

Winter. So, meinst Du? .. Ach wo! Hm ..

Binder. Wer Dir damals gesagt hätte, daß Du noch mal so gleichgültig von ihr reden würdest .. Es war doch schon manchmal nahe dran ..

Winter (hastig). Gleichgültig? Durchaus nicht! Im Gegentheil. Ich hab' sie noch immer sehr gern. Natürlich freundschaftlich. Aber anders war's früher auch nicht.

Binder. Na, na, Du warst doch arg verliebt ..

Winter. Ach wo! .. Uebrigens is sie doch auch ein famoses Weib.

Binder. Ich hab' manchmal wirklich Angst gehabt für Luise.

Winter. Na, siehst Du .. Und unsere beiden Wege gehen noch immer zusammen .. Trotzalledem! Ich meine mit Luise .. Und Alice .. Hm! .. Uebrigens war das immer ganz was Andres mit Luise .. Unbedingt ganz was Andres! Wie ja der Erfolg auch beweist.

Schweigen.

Winter (fortfahrend, schwermüthig). Aber Du hast recht. Ich hab' Alice mal sehr gern gehabt. (Kleine Pause.) Na, entschuldige mal eben! Will blos den Kaffee mal mahlen lassen. Es is gleich so weit. Und Tassen besorgen .. Entschuldige (ab.

Binder (sitzt in tiefen Gedanken im Sessel, stützt den Arm auf's Knie und den Kopf in die Handfläche. Tiefe Stille. Man hört das Singen und Summen des kochenden Wassers. Pause.).

14

Winter (tritt wieder ein, in den Händen Untersatz mit Kaffeepulver und zwei geblümte Tassen). So, das wäre. Nu noch 'n Augenblick. Gleich fertig. (Gießt das kochende Wasser auf das Kaffeepulver, löscht die Flamme aus, bringt den Apparat in Ordnung. Währenddeß) Aber die Freundschaft ist doch geblieben! Und ich denke, wir wollen sie uns auch nicht nehmen lassen, was meinst Du . .

Binder (fährt aus seinen Gedanken auf). Wie, was meinst Du? . . Ich hab' nicht verstanden . .

Winter (kommt an den Tisch, gießt Kaffee in die Tassen). Ach, ich meinte nur so mit Hagens . . So, na da können wir ja so langsam loslegen.

Binder (trinkend). Wie nett wär' das nu z. B. wenn wir drei jetzt so zusammen Kaffee trinken könnten. Luise als Hausfrau und wir beide . .

Winter (hat ebenfalls getrunken, nachdenklich zerstreut). Man merkt doch schon, wie der Tag zunimmt. Aber nu wird's doch Zeit. Erlaub' mal 'n Augenblick. (Zündet die Lampe an und schließt die Vorhänge. Es schellt draußen.)

Winter (zusammenfahrend, nervös). Na nu, sollte das schon Luise . .

Binder (seine Kaffeetasse leerend, erhebt sich schnell). Da will ich nich länger . . gieb mir doch das Buch. Hätt' ich beinah' vergessen . . Den Hauptgrund vergißt man immer. (Zieht seinen Ueberzieher an und greift nach dem Hut. Draußen Thürenklappern, Stimmengeräusch.)

Winter (horcht nervös, während er zum Bücherrepositorium geht und mechanisch sucht. Dazwischen) Wer Donner mag das . . Ach hier. (Giebt Binder das Buch.)

Binder. Danke! . . Na . . (es klopft).

Winter (sehr laut). Herein!

Binder (fast gleichzeitig). Adieu! Auf Wiedersehen!

Lutz (tritt ein). Guten Tag! — (Lutz hoch, schlank, mageres, sehr längliches Gesicht. Ungewöhnlich hohe, breite Stirn. Schlichtes, blondes Haar. Leicht gebogene Nase. Tiefliegende Augen. Etwas Zurückhaltendes in seinem Aeußern. Kleidung anständig, aber gesucht. Hält beim Sprechen den Kopf sehr hoch.)

Winter (in höchstem Erstaunen). A . . a . . a . . a . . Aber . .

Lutz. Wie geht's? Guten Tag, Herr Binder! (Reicht Binder die Hand.)

Binder. Guten Tag, Herr Lutz! Ich denke, Sie sind in Köln?

15

Winter (noch immer erstaunt). Na nein, aber das .. das ..

Lutz (gleichzeitig). Ja, bis gestern. Jetzt bin ich hier, wie Sie sehen. (Zu Winter). Na, is das so wunderbar? Nu reich' mir doch mal Deine männliche Tatze. Wenn Du gestattest, mach' ich's mir bequem. Verdammt gelaufen! (Legt ab.)

Winter (schüttelt Lutz kräftig die Hand). Mahlzeit! Sei gegrüßt! Selbstverständlich! (Bemüht sich, um Lutz beim Ablegen zu helfen.) So, bitte hier! Also Du bist wieder .. Na ich muß sagen. --

Binder. Na ich will nicht länger ..

Lutz. Stör' ich?

Winter. Aber durchaus nicht. Wenigstens ..

Binder (gleichzeitig.) Nein, Herr Lutz, ich wollte so wie so... Also auf Wiedersehen! Adieu Herr Lutz! (Reicht ihm die Hand.)

Lutz (kühl). Adieu, Herr Binder!

Binder. Na, wir sehen uns wohl mal.

Lutz. O ja, warum nicht? Solang' ich dableib' ..

Binder. Mahlzeit, Ernst! Und grüß! Unbekannterweise.

Winter. Dank' schön! Werd' bestellen. Also bis morgen! — (Winter und Binder verabschieden sich, Lutz verbeugt sich zurückhaltend. Binder ab. Winter kommt von der Thür zurück, setzt sich, ebenso Lutz.)

Lutz. Du erwartest wohl ..

Winter (schnell). Ja, aber es hat noch 'n Augenblick Zeit. Ich denk' so um Fünf rum, Luise ..

Lutz. Aha! Nu, Du wirst Dich nich abhalten lassen. Sag' mir bitte, wenn's soweit is. Ich hab' auch nich viel Zeit. Wollte blos mal 'n Augenblick vorbeikommen. Hagen sagte mir, Du sei'st schon zurück.

Winter. So, so, Hagen? Ja, der muß meine Karte heut' morgen bekommen haben .. So, so, der sagte Dir .. Du warst also schon da, natürlich ..

Lutz. Ja, gestern. Hörte, daß Du vor'n paar Wochen verreist sei'st. War ziemlich erstaunt. Was Schlimmes doch nich? Briefe bekommt man ja nich ..

Winter. Ja, entschuldige, Mann! Ja, ich bin Dir noch'n ganzen Berg schuldig. Scheußlich! Aber es war mir wirklich nich .. Es ging wirklich nich diesmal ..

Lutz. Bitte! Bitte! Stürz' Dich nicht in Unkosten.

16

Winter. Ja . . also . . ne, nichts Schlimmes. Im Gegentheil. Finanzielle Regelung, weißt Du . . Auseinandersetzung. Bin jetzt so ziemlich unabhängig. Ueberhaupt . . .

Lutz. Kann man also gratuliren?

Winter. Dach . . Gott, wie man's nimmt. Danke! Aber abgesehen davon . . . Das is hier Nebensache. Nu sag' mal Kerl, was hat Dich nu eigentlich . . Ne, ich bin noch immer ganz erstaunt.

Lutz. Na, beruhige Dich nur zunächst.

Winter. Also was hat Dich nu eigentlich hergeschleudert? Ei, ei, sollte da nicht . .

Lutz. Gar nichts. Ich war's satt. . . Zu Hause.

Winter. So? Hm . . Na ja . .

Lutz. Ich war's einfach satt. Ich hab's meinem Vater vorgestern Abend gesagt. (Gegen Abend . Und gestern früh war ich hier.

Winter. Ja, aber sag' mal . .

Lutz. Na, wir sind in allem Guten auseinander gegangen . . Sobald werden wir uns ja wohl nicht wiedersehen. Ich will irgend was anfangen . Irgend was!

Winter. Ja, und Dein Doktor?

Lutz. Den mach' ich nicht. Da liegt's ja. Das hatt' ich eben satt. Und noch verschiedenes Andre außerdem . . Ich will mich auf eigene Füße stellen. Meine Brüder sind längst alle selbstständig, (bitter) das sind ja auch Kaufleute . ., das is ja auch was andres. Ein Student muß bis zum dreißigsten Jahr unter der Fuchtel stehen . . Ich hab' keine Lust dazu. Ich kann arbeiten.

Winter. Denkst Du irgend eine literarische Beschäftigung . . Journalist oder so was?

Lutz. Mir ganz egal! Wenn's nichts Literarisches is, mir um so lieber. Ich bin durchaus nicht wählerisch . .

Winter. Also Du hast vollständig auf Deinen Doktor verzichtet?

Lutz. Ja, vollständig! Das is ja alles Krimskrams . . So antimodern! So . .

Winter. Ja, das is richtig. Unser altes Deutschland! Titel! Titel! Titel! Aber Menschen! Menschen!

Lutz. Es ist mir überhaupt zuviel Stickluft hier. Aus

17

Berlin bin ich 'n Bischen rausgekommen. Das will ich grad' probiren. Aber dieses Köln! dieses Philisternest!

Winter. Du denkst in Berlin zu bleiben?

Lutz. Weiß ich noch nicht.

Winter (ironisch). Na, na . .

Lutz. Na, was grinsest Du? Toller Knochen bist Du doch!

Winter. Lutz! Du wirst ganz roth . . Aber ganz roth!

Lutz (mit halb verlegenem Lächeln). Was Du Dir für Phantasien machst! Raubthier Du!

Winter. Was sagten denn Hagens dazu? Was sagte Alice? Hat's ihnen nicht sehr imponirt? Was? Alice muß das doch imponirt haben . . Ich kann mir denken!

Lutz. Hör' mal, mit Deinem Grinsen! Du scheinst die ganze Sache ganz falsch aufzufassen. Absolut falsch!

Winter. O bitte, durchaus nicht, im Gegentheil! Ich glaub' es ganz richtig aufzufassen.

Lutz (sieht nach der Uhr). Du, jetzt muß ich aber gehn. Es ist fünf. Schon 'n paar Minuten drüber. Was macht denn Deine . .

Winter (kühl). Danke, es geht ja so.

Lutz. Also das Verhältniß besteht noch immer?

Winter. Ja natürlich. Was dachtest Du?

Schweigen.

Lutz (erhebt sich).

Winter. Ja, Mann, wenn ich Dir also irgend wie . . ich bin jetzt ja grade . . na, Du verstehst . . Du kannst Dich auf mich verlassen.

Lutz. Ja ich weiß, ich weiß ja . . Du warst ja schon immer so 'ne Quelle. Nein augenblicklich . . und mittlerweile hoffe ich auch was zu finden, irgend was, wie gesagt . .

Winter. Na ja . . aber wenn nicht . .

Lutz. Dann werd' ich mich nicht geniren. Verlaß Dich darauf.

Winter. Gut, ein Wort!

Lutz. Bis nächstens!

Winter. Bis nächstens! Auf Wiedersehen! (Lutz ab.)

Winter (einen Augenblick allein, geht nachdenklich zum Fenster, trommelt an den Scheiben. Es schellt draußen, Thürenklappern und Stimmengeräusch. Es klopft.) Herein! nur immer herein!

18

Luise (tritt ein, Blumenstrauß in der Hand). Guten Tag, Ernst! — Luise, wenig kleiner als Winter. Ovaler Gesichtsschnitt. Dunkelbraunes Haar. Tiefe, braune Augen. Leichte Stumpfnase. Sehr zarte weiße Haut. Backen leicht geröthet. Ebenmäßiger, kräftiger Wuchs. Einfache aber geschmackvolle Kleidung. Dunkles Jaquet. Weißer Schleier. Breitrandiger Hut. Etwas Sinnendes in der gewöhnlichen Haltung ihres Kopfes. —

Winter (vergnügt). 'Tag, Kind! Na, wie gehts?

Luise. Ach gut, ganz gut. Ich komm' wohl viel zu spät? Aber ich konnt' nicht eher, 's Mittag hat so lang ge= dauert. (Hat so lange nachdenklich mit leicht gesenktem Kopfe vor Winter gestanden, legt jetzt den Schleier ab.

Winter. Na, so nachdenklich, Kind? Leg' doch ab, ja?.

Luise (reicht ihm den Strauß).

Winter. Potz Tausend! Sind das schöne Rosen! Kind, was machst Du Dir für . . aber, aber! das sind ja wahr= haftig . .

Luise. Auf's gute neue Jahr! Nachträglich . . (leiser) Und daß wir über's Jahr noch zusammen sind!

Winter. Ach, Du lieber Esel Du! Na ja, darauf hin! . Aber'n Kuß. . . (Kurze, innige Umarmung).

Winter. Na, nu lege aber auch ab. (Hilft ihr beim Ab= legen des Jaquets. Riecht wieder an den Rosen.) Nein, die sind ja aber auch wirklich . . ein Duft! Riech' mal!

Luise (riecht, athmet den Duft tief ein). Ja, die sind schön.

Winter (steht hinter ihr, zupft sie am Ohr).

Luise. Au! Au!! Wart' Du! Schlechter Mensch!

Winter. Siehst Du, das ist die Strafe. Warum bringst Du mir solche wundervollen Rosen? Das verdien' ich gar nicht. Ach, ich sag' Dir, ich bin vergnügt!

Luise. Ja, ich seh' schon . . mein Brummbär! Ich hab' schon gedacht, wie der heut wohl gelaunt sein wird.

Winter. Na hör' mal! bin ich denn so'n Menschen= fresser?

Luise (leise). Manchmal . . (Sieht ihm voll in die Augen.)

Winter. So?! das is ja recht feierlich!

Luise (leise). Ach Du . . (Legt den Arm um seinen Hals, schneller Kuß.)

Winter (macht sich sanft los). So, Kind . . na, hast Du aber kalte Backen!

Luise. Ja . . meinst Du, es ist nicht kalt draußen?

Winter. Kalt? Ne .. finb' ich eigentlich gar nicht. Gott, es is ja nich warm ..

Luise (schauert zusammen). Ah .. ah!

Winter. Herrjeh! Is das ein verfrorner Schneider! Komm, ich werb' Dich 'n bischen wärmen.

Luise. Ist gar nicht nöthig. Dazu ist der Ofen da. (Geht zum Ofen.)

Winter. So?! auch gut! Na ja, wärm Dich! Du alte Mutter!

Luise (vom Ofen her). Das ist Deine Schuld.

Winter (zerstreut, betrachtet die Rosen). Was denn?

Luise. Du hast alle meine Hitze genommen.

Winter. Na wart', ich werb' sie Dir wiedergeben. (Geht auf den Ofen zu.)

Luise. Bleib' nur da! Ich will sie gar nicht haben.

Winter (wieder am Tisch). Weißt Du, das is eigentlich die verkehrte Welt.

Luise (noch am Ofen). Wie meinst Du?

Winter. Daß Du mir Rosen bringst ..

Luise. Du bringst mir ja keine. —

Winter (gekränkt). Na hör mal! Na wart, das nächste Mal!

Luise. Ach, ich mach ja blos Spaß. Mach man nicht gleich 'n Gesicht .. ich will gar keine haben.

Winter. Na ja, is doch wahr.

Luise. Ich hab' an D i r genug.

Winter. Ich hab' übrigens a u ch was für Dich da .. Du brauchst nicht zu denken .. Oho! Na rath mal. . .

Luise. Prallines?

Winter. Ja allerdings, Du Süßmaul! Wie sie das gleich trifft! Na, wo sind sie denn? (Sucht auf der Spiegelconsole unter Luisens Hut).

Luise. Weißt Du, in Deinem Zimmer sieht's noch grab' so aus wie vor vier Wochen. Noch immer dieselbe Unordnung!

Winter (hat die Düte gefunden, bringt sie Luisen an den Ofen). Unordnung? Na hör' mal! Ich find' es hier sehr ordentlich. A u ß e r gewöhnlich ordentlich sogar!

Luise. Na ich danke, der Schreibtisch hu!

Winter. Na ja, der Schreibtisch! das muß auch so

sein. Das versteht ihr Weiber nicht. Da Majestät . . (legt die Düte zu Luisens Füßen nieder).

Luise (hebt sie auf). Schäfchen Du! (Oeffnet die Düte und kostet). Du, die schmecken gut! Cremefüllung!

Winter. Ja? Na, das freut mich. Hab' auch extra Cremefüllung verlangt. Das haben wir also mal getroffen.

Luise. Da! (will ihm einen Praline in den Mund stecken.)

Winter. Ja, giebst mir einen?

Luise (zweifelhaft). Eigentlich . . na, ausnahmsweise!

Winter (lauend). Na ja, ausnahmsweise.

Luise (will ihm noch einen geben).

Winter (abwehrend). Nein Kind, mehr nicht! Iß nur, die sind für Dich. Siehst Du, das is nu Dein ganzes Weihnachtsgeschenk. Wenigstens vorläufig . .

Luise. Ist auch vollkommen genug. Wenn Du mir gar nichts schenkst, bin ich auch zufrieden. Du weißt das doch. Ich hab' Dir ja auch noch nichts geschenkt.

Winter. Ich hatte die besten Absichten. Aber es war absolut unmöglich heut Vormittag. Na, heut in vierzehn Tagen . . da wollen wir denn unser Weihnachten nachfeiern.

Luise (sanft). Wie Du willst . . da kann ich meine Arbeit vielleicht auch noch fertig machen. Ich hatte was für Dich an=gefangen, 'ne kleine Stickerei . . aber man kommt da ja zu nichts. (seufzt).

Winter. Wie steht's denn jetzt da? Wie stehst Du mit Frau Becker?

Luise. Ach . .

Winter. Na sag' doch, Kind! Is was vorgefallen? Du machst mir ja ordentlich Angst . .

Luise (schweigt und senkt den Kopf).

Winter (vorwurfsvoll, nervös). Du?!

Luise. Ach, die Frau hat ja kein Einsehen.

Winter (aufgeregt). Ja, was is denn? Is denn was vorgefallen?

Luise. Ach nichts. Reg' Dich nur nicht gleich auf! Vorgefallen ist nichts.

Winter (ruhiger). Ja, aber was denn? Es is und es is nichts. . . Was nu?

Luise. Man kann Dir auch gar nichts erzählen. Du

21

bift immer gleich fo . . Hu! Du folltest blos Deine Augen dabei fehen.

Winter (muß lachen, fährt ihr fcherzend mit der Außenfläche der Hand über's Geficht). So geht's runter und fo geht's rauf. Weißt Du jetzt?!

Luife (lacht mit). Na ja . . .

Winter. So, nu erzähl' aber auch. Ich bin auch ganz ruhig. Alfo vorgefallen is nichts, aber . .

Luife. Ach, fie is fo fchlecht zu mir . . .

Winter. Ja, inwiefern?

Luife. 'n franker Menfch fann doch nich fo . . .

Winter. Krank? bift Du denn frank? (ängftlich) Kind!!

Luife. Aber das weißt Du doch. Jetzt nicht mehr, aber ich fchrieb Dir doch . . gleich als Du fort warft . .

Winter. Na ja, das weiß ich freilich. Aber ich dachte jetzt auch noch . . Alfo jetzt bift Du wieder ganz gefund? Oder nicht?

Luife. Ja, jetzt fühl' ich mich wieder recht wohl. Eigentlich viel frifcher wie vorher.

Winter (erleichtert). Na alfo, das is doch wenigftens was! Alfo vergnügt! Potz Taufend! was fehlt Dir denn! gefund! und im Uebrigen fann uns die ganze Frau Becker geftohlen bleiben, die Frau Rath! Hä!

Luife. Weißt Du, eigentlich fchon feit 'm Jahr lag mir das immer fo in 'n Gliedern . . fo fchwer . . fo . . ach, ich mußt' mich wirklich manchmal fchleppen.

Winter (erftaunt). Aber hör mal, und das haft Du mir gar nicht gefagt?

Luife. Weißt Du, ich glaubte, ich hatt' die Schwind= fucht . .

Winter (entfetzt). Was . . wer . .

Luife. Ja, ich hab' mir das wirklich eingebildet.

Winter. Na, das is doch wirklich . . die Schwind= fucht! O . . o . . o . . o . . Du . . dafür verdienft Du wirklich . . Was hat denn der Arzt gefagt? Natürlich Unfinn?

Luife. Ja, er meint meine Lunge ift ganz gefund. Ich muß mich aber fchonen, ich foll mich ausruhen, mehr in die frifche Luft raus. Ach, daran ift ja gar nicht zu denken . . .

Winter. Ja, warum denn nicht?

22

Luise. Ach, Du weißt ja nicht, wie sie is. Ich war doch so schwach .. ich konnt' mich ja kaum von der Stelle rühren. Meinst Du, sie hat den Kopf danach hingedreht?! Man verlangt ja nichts, .. aber wenn man sieht, daß so gar nichts .. so gar kein Mitleid!

Winter (finster). Ja ja, is schrecklich.

Luise. Sie hat ja kein Herz. Bei Allem mußt' ich dabei sein. Ich hab' mich manchmal kaum auf den Füßen halten können. Die Frau hat ja kein Einsehen. Alles war ihr zuviel .. wenn ich zum Arzt ging, war's ihr schon zuviel, daß ich die paar Stunden rauskam, zweimal wöchentlich. Und der Arzt hat doch gesagt, ich soll raus. (achselzuckend) Ja ..

Winter (ballt die Fäuste). Na, vielleicht kommt da auch nochmal 'ne Vergeltung.

Luise. In's Gerede hat sie mich auch noch gebracht. In unsern bekannten Familien hat sie erzählt, ich bin krank, und wer weiß wovon das ist, .. die haben's mir nachher wieder erzählt. Das hab' ich mir aber nicht gefallen lassen. Ich hab' sie dafür zur Rede gestellt. Wie 'n Frauenzimmer behandeln·laß' ich mich nicht!

Winter. Bravo! Das war recht! Recht so, nichts gefallen lassen! Was sie verlangen kann, ja, aber mehr nicht! Immer energisch! Schau, schau, das hätt' ich Dir gar nicht zugetraut.

Luise. Ja Du! Du traust mir überhaupt nichts zu. Du meinst, ich kann überhaupt gar nichts. (Schmollt.)

Winter (belustigt). So? ei, ei! na wollen mal sehen .. Was macht denn die Geographie? Was? (Luise läßt den Kopf hängen.)

Winter. Aha! .. Na übrigens vergnügt, Kind! Lustig! Wollen die Frau Becker Frau Becker sein lassen, das alte Rhinoceros! Man lebt ja blos einmal .. ach, ich bin so froh, daß ich wieder hier bin.

Luise. Und ich! Ach ich sag' Dir ..

Winter. Na aber ich! wie ich das hinschrieb: Ich komme morgen Abend und erwarte Dich übermorgen .. na, ich war froh!

Luise (leise). Ich hab' schon geglaubt, Du kommst gar nicht wieder.

23

Winter. Unsinn! Ich hab' doch von vornherein gesagt . .

Luise (eigensinnig). Ja, aber . .

Winter. Schaf! . . Kuß! (Kurze Umarmung.)

Winter. Ja siehst Du, da hält man sich nu wieder im Arm, und vor vier Wochen, als ich abfuhr . . da war das noch so weit.

Luise. Du, kurz war's aber auch nicht . .

Winter. Jetzt wollen wir uns das Alles möglichst vernünftig einrichten. Also die Rente hab' ich. . .

Luise. So?

Winter. Ja, ich bin jetzt mein eigener Herr. Großartiges Gefühl! Und siehst Du deswegen . .

Schweigen.

Luise. Denk' blos, mein Vater will wieder heirathen. . .

Winter. So? Na, das war doch aber lang schon . .

Luise. Aber jetzt wird's wohl Ernst werden. (Seufzt).

Winter. Na ja, das lag ja schon lang' in der Luft. Also immerzu! was kommen muß, das komme bald.

Luise. Ja, Du hast gut Reden! Aber ich! (Läßt den Kopf hängen).

Winter (herzlich). Aber Kind?! (Streicht ihr die Backen).

Luise. Dann hab' ich niemand mehr.

Winter. So? Und ich bin wohl gar nicht da, was?

Luise. Lieber Ernst! (Legt den Arm um seinen Hals. Kurze Pause.)

Winter. Ach Kind! Du siehst das Alles viel zu tragisch an. Heiter! Heiter! . . Nu wollen wir mal 'n vernünftiges Wort reden. (Geht zum Tisch.)

Luise (noch am Ofen, wo das Vorhergehende gesprochen wurde). Na?

Winter. Vorerst will ich mir aber 'ne Cigarre anzünden, so 'ne richtige Nachmittagscigarre . . recht gemüthlich machen. . . Also . . na, setz' Dich hierhin, Kind.

Luise (kommt zum Tisch, lächelt.)

Winter. So, hierhin, in diesen Sessel, und ich hierher. (Rückt seinen Sessel neben ihren). So, ganz nahe bei einander. Also —

Luise (komisch). Na, was wird da raus kommen?

Winter (hat die Cigarre abgeschnitten und angezündet, stößt den

24

Rauch aus, lang ausgestreckt.) Fein, was? (Bläst ihr den Rauch in's Gesicht.)

Luise. Na, wo wirst Du nicht...

Winter (bläst ihr den Rauch stärker entgegen).

Luise (muß husten). Pfui! Abscheuliche Cigarre! (Rückt ein Stückchen weg.)

Winter (rückt den Sessel wieder näher) Nein, das gilt nicht. Also wie steht's nun mit der Geographie?

Luise (entsetzt). Was?!

Winter. Mit der Geographie .. Geographie von Asien. Du solltest sie Dir zu heut ja noch mal ansehn.

Luise (bittend). Aber Du! Heut doch nicht!

Winter. Warum denn nicht? Grad' heute. Voriges Mal ging's noch nicht recht.

Luise (gekränkt). So? Du sagtest doch, es wär ganz gut...

Winter. Na ja, aber z. B. wie heißt die Hauptstadt von Hinterindien?

Luise. Ach, Du bist schlecht! dann setz' ich mich gleich wieder fort. Ueberhaupt ..

Winter (leicht gereizt). Ach, Du hast blos keine Lust!

Luise (schmollt).

Winter (gereizter). Nein, Du hast auch keine Lust. —

Luise. Geh! Du kannst auch 'n freundlicheres Gesicht machen, rauch lieber Deine Cigarre.

Winter (noch gereizter). Ich will aber nicht rauchen, ich will jetzt grade wissen, wie die Hauptstadt von Hinterindien heißt... (Herzlicher.) Nein wirklich, Kind, Du hätt'st mir auch den kleinen Gefallen thun können. Du hast wirklich kein Interesse, Kind.

Luise (bittend). Aber Ernst, ich konnt' ja doch nicht. Ich konnt' doch wirklich nicht, ich war wirklich krank, ich konnt' nicht. Und sie läßt einem ja so wie so keine Ruhe.

Winter (besänftigter). Na ja, das is ja wahr. Aber Du hast auch sonst kein Interesse ..

Luise. Ach ich geb' mir ja alle Mühe. Aber ich kann doch nicht alles auf einmal .. und ich will ja gern lernen. Aber Du mußt auch nicht immer so aufgeregt sein. Wenn ich das damals gewußt hätte ..

25

Winter. Wann?

Luise. Als ich Dich kennen lernte. Damals an dem Juni-Abend .

Winter. Daß ich Dich so plagen würde, was? Da hätt'st Du Dich schön gehütet . .

Luise (halb scherzend). Ja.

Winter (gekränkt). Na Kind, es is doch aber zu Deinem Besten, das mußt Du doch einsehen.

Luise (legt ihren Arm auf seinen). Ja, das seh' ich ja auch ein. Ich will mir auch alle Mühe geben Und ich hab' doch auch schon was gelernt, was?

Winter. Na ja, das is ja unbedingt richtig. Un= bedingt! Du bist 'n ganz anderes Mädchen geworden . . seitdem. Ach was warst Du für'n unwissender kleiner Esel. (Betrachtet sie nachdenklich.)

Luise (ebenfalls nachdenklich, plötzlich). Ich möcht' gern mal mit Dir in's Museum gehen. Ja, Ernst? Sei mir aber nicht böse . .

Winter (erfreut). Ja, aber warum denn Kind. Im Gegentheil! Höchst erfreulich und angenehm! (Belustigt) Schau, schau, in's Museum! . . Gelt, das is Dir wohl interessanter, als die Geographie, was? Als die Hauptstadt von Hinterindien?

Luise (nickt etwas zaghaft).

Winter. Is eigentlich 'n Standal, daß wir noch nicht einmal dagewesen sind! In den dreieinhalb Jahren. . . Ja woher auch? die Paar Sonntag Nachmittage! Wenn Du mal 'n Vormittag abkommen könntest.

Luise (zuckt die Achseln). Du weißt ja, wie sie ist.

Winter. Ach was, Frau Becker hin, Frau Becker her! Wir müssen eben einfach Vormittags hingehen. 's is wirklich 'n Standal! Ueberhaupt . . die ganze Geschichte gefällt mir schon lange nicht. Du warst noch gar nicht im Museum?

Luise (achselzuckend). Nein. . . Ich denk' mir das so schön, ich hab' mir das schon lang' gewünscht.

Winter. Haarsträubend! Nein, Du kannst ja nichts dafür, Kind. . . (Streicht ihre Backen, plötzlich entschieden) Ja, das muß anders werden! Zum 1. April mieth' ich mir 'ne Woh= nung, und wir zieh'n zusammen, hörst Du? Du mußt bei Beckers kündigen.

26

Luise (schüttelt erschrocken den Kopf).

Winter. Ja, ja, da ist nichts zu wollen. Wir ziehn zusammen. Das is mir ganz klar. Das is das einzig wahre. Das is wirklich 'n vernünftiger Gedanke. (Raucht vergnügt ein paar Züge.)

Luise (hat den Kopf tief gesenkt und manchmal mechanisch geschüttelt. Plötzlich umfaßt sie Winter, der neben ihr sitzt und drückt ihn krampfhaft an sich). Ach Ernst! .. Ernst!!

Winter (gerührt mit vollem Ton). Kind, Kind!? (erwiedert den Druck und streichelt ihr Haar).

Schweigen.

Winter (wieder vergnügt). Also hörst Du Kind, das wird gemacht. Wir zieh'n zusammen und dann wollen wir uns das Leben mal hübsch vernünftig einrichten. .. Donnerwetter noch eins! Das wird ja großartig! Dann kommen wir auch ins Museum, was? (Legt einen Finger unter Luisens tief gesenktes Kinn und hebt ihren Kopf etwas höher. Sieht ihr in die Augen.) Kind?! Du weinst?!

Luise (schluchzt krampfhaft auf.)

Winter (zärtlich). Ach Kind, Du mußt nicht weinen. (Vergnügt, eindringlich.) Also, was? Ja .. nicht?

Luise (sanft). Mach, was Du willst. ..

Vorhang.

Wohnung bei Hagens. Sehr geschmackvoll möblirter Salon. Eichenmöbel. Eindruck von Sicherheit und Solidität. Zeichnungen und Gemäldephotographien an den Wänden. Nicht überladen. 2 Bücherschränke mit Glasthüren. Elfenbeinstatuette. Alice und Franziska Hagen am Tisch. Alice auf dem Sopha, nachlässig angelehnt. Alice stark brünett, schwarzes Haar, graue Augen, gelblicher Teint. Stark ovales schmales Gesicht. Edler Schnitt. Etwas zurücktretendes Kinn. Schlanke, biegsame Gestalt. Mittelgroß. Zwanzig Jahre. Um die ganze Erscheinung ein Hauch von kühler Vornehmheit. Kleidung sehr einfach. Franziska dunkelblond. Große dunkelgraue Augen. Krauswelliges Haar. Leichter Anflug von Stumpfnase. Etwas größer und kräftiger als Alice. Eindruck von blasirter Langerweile. 17 Jahre, aber älter aussehend. Kleidung ähnlich wie die Alicens. Franziska sitzt im Lutherstuhl. Auf dem Tisch einige Bücher verstreut, Kartenspiel, Journale. Tag später. Montag Nachmittag. Schneegestöber draußen. Behagliche Stille. Von der Straße her dann und wann Pferdebahnklingeln, dumpfes Rollen und Hufetrapsen. Alice liest in einem gut gebundenen Buch, Franziska blättert mechanisch in den Journalen, dann und wann Blick zum Fenster. Verträumte Stimmung.

Alice (aus dem Buch aufsehend). Was mag die Uhr sein? Meine muß irgendwo liegen. Sieh doch mal.

Franziska (nach ihrer Uhr sehend, gelangweilt). Viertel 2 ier.

Alice. Ob's bald Kaffee giebt? Du könntest mal nach= seh'n, Fränze, ich hab' Hunger.

Franziska. Na, weißt Du, Alice, Du könnt'st auch mal selbst geh'n. Ich bin doch heut' schon genug gelaufen.

Alice (humoristisch, wie während der ganzen Unterhaltung). Aber Fränzchen! Ich kann doch das Liebespaar hier nicht allein lassen . . in dem dummen Roman. Jetzt sind sie gerade dabei, daß sie sich kriegen . . Dummes Buch das! Geh' schon!

Franziska. Du weißt ja, vor vier giebt's doch keinen.

Alice (gähnend, zerstreut). Ich hätte doch 'n bischen schlafen soll'n. Was mag Fritz machen?

Franziska (halb vorwurfsvoll). Na Alice, was wird er machen!

Alice. 's Fritzchen schläft! Das Jungchen!

Schweigen.

Franziska (kühl). Ob Winter heute kommt?

Alice (nach dem Fenster). Er ist ja schon da, Du siehst ja.

Franziska (muß lachen, komisch). Ach Alice!

Alice (zerstreut). Wie die Flocken tanzen. . . Man sollte spazieren gehen.

Franziska (ironisch). Du kannst ja warten, bis Lutz kommt.

Alice (noch immer zerstreut). Kommt er heute?

Franziska. Na Alice, er hat's doch extra zu Dir gesagt.

Alice (aufsehend). Ach ja, will er nicht das Buch von Fritz, die Familie Selicke?

Franziska. Ich wollt's eigentlich noch lesen.

Alice (humoristisch). Aber Fränzchen! Du darfst das noch nicht lesen. Du bist noch'n Kind. Weißt Du nicht, Winter findet das auch . .

Franziska (gelangweilt lächelnd). Ja, ja Alicechen.

Schweigen. Träumerische Stille.

Franziska. Wenn Winter kommt . . willst Du ihm nicht den Vater Selicke vorspielen? Du kannst das ja so gut.

Alice (leicht geärgert). Natürlich! 's Fränzchen wird das nu wieder gleich auskramen, wenn jemand kommt . . Lutz oder Winter.

28

Franziska (hartnäckig.) Es is doch auch wahr . .

Alice (mit komischem Aerger). Man muß nicht alles erzählen, was wahr is, damit kommt man nicht weit. Du bist viel zu plapperhaft . .

Franziska (ebenfalls geärgert). So und Du? Was bist Du?! Du sprichst a u ch.

Alice (humoristisch). Aerger' Dich nicht, Fränzchen.

Franziska (eigensinnig). Ich erzähl's aber g'rade. Ich w i l l's erzählen.

Alice. 's Kind ä r g e r t sich, 's Blondchen!

Schweigen.

Alice. Hoffentlich giebt's bald Eisbahn.

Franziska. Da kannst Du ja mit Lutz laufen, er läuft ja so gut. (Ironisch.) Schade, daß Winter nicht auch läuft.

Alice (ebenfalls ironisch). Damit Du mit ihm laufen kannst.

Franziska. Nein D u!

Alice (humoristisch). Fränzchen! Fränzchen! Du kokettirst mir zu viel.

Franziska. Na sag' mal Alice, we r kokettirt nu eigentlich?

Schweigen.

Franziska (bissig.) Das wird nett werden, wenn Du heute den Vater Selicke vorspielst. Winter wird sich sehr freuen.

Alice (eingehend). Das wird er auch. Wenn man so täuschend spielt wie ich. . . Wir können ja nächstens überhaupt mal so'n kleinen Abend arrangiren. . . Ich spiel' den Vater Selicke. Du spielst die Toni. . . Du bist ja so'n sanftes, weiches Gemüth. Winter sagt's ja. . . Na, und Winter kann dann ja den Wendt nehmen. . . Ihr kriegt Euch. Das heißt, erst n a ch dem Stück. Vorläufig bist Du ja auch noch ein Kind. . .

Franziska. Ach, laß mich in Ruhe!

Alice (fortfahrend). Winter is vielleicht gar keine so schlechte Partie . .

Franziska. Na ja, dann greif' doch zu! Er h ä n g t ja schon immer an Deinen Augen. . .

Alice (komisch). Ich könnte ja auch Lutz nehmen. —

Franziska (bissig). Na nimm doch beide!

29

Alice. Lutz muß erst was verdienen. Das dauert mir zu lange... Ich muß 'n reichen Mann haben.

Schweigen.

Alice (beginnt mechanisch Karten zu legen).

Franziska (sieht gelangweilt zu, plötzlich). Du, ich muß immer lachen, wenn ich Lutz sehe...

Alice (Karten legend.) Ja, ich hab' mich recht geärgert. Was muß Lutz denken... Und man muß schließlich mitlachen. (Komisch.) Man muß sich ja geniren.

Franziska (lacht unwillkürlich). Ich kann doch nichts dafür. Ich hab' nichts gegen Lutz. Aber er is mir so komisch...

Alice. Ja Du wirst auch noch.. über'n fremden Menschen so zu lachen! Ich sag' ja, Du bist viel zu.. zu .. Du mußt noch sehr gezogen werden, mein Fränzchen..

Franziska. Ja, Du wirst mich zieh'n..

Alice. Das werd' ich auch. Du bist viel zu g'rad' raus. Viel zu offen... Man muß keinem Menschen vertrauen. Wir müssen uns das ganz besonders merken in unserer Lage.

Franziska (schweigt).

Alice (Karten legend). Da hab' ich ihn ja!

Franziska (blasirt). Wen?

Alice. Den reichen Mann. Da .. da liegt er.

Franziska (blasirt). Na, sei doch froh!

Schweigen.

Alice (betrachtet interessirt die Karten).

Franziska. Gieb doch mal her!

Alice. Was willst Du denn?

Franziska. Ich will mir auch legen.

Alice (giebt die Karten, nimmt einen Bleistift und kritzelt auf einem Fetzen Papier.

Franziska (legt Karten).

Schweigen.

Alice (zeigt Franziska das Papier). Rath' mal, wer is das?

Franziska (lacht unwillkürlich). Der mit der Stubbsnase is Winter, und der Andere, der mit den Storchbeinen — das is Lutz.

Alice. Getroffen! Aber was machen sie da?

Franziska (zuckt die Achseln).

Alice (humoristisch). Sie erdolchen sich gegenseitig. Eifersucht.

Beide lachen.

Fritz Hagen (noch in der Thür des Nebenzimmers). Giebt's denn nich bald Kaffee, Kinder? Seh doch mal einer nach! (Kommt näher zum Tisch. Sehr verschlafen und kleinäugig. Fritz ist mittelgroß, kräftige, breitschultrige aber biegsame Gestalt. Massiver Schädel, während das eigentliche Gesicht klein erscheint. Schwarzes Haar. Braune Augen. Starker, dunkler Schnurrbart. Haar kurzgeschnitten. Geheimrathswinkel. Sammetjaquet. Nachlässige, leichte Bewegungen. Starke Familienähnlichkeit mit Alice und Franziska.)

Fritz (am Tisch). Legt Ihr schon wieder Karten? Ihr könnt wirklich was Bess'res thun.

Franziska. Hast Dich ausgeschlafen, Fritzchen?

Alice (beschäftigt sich wieder mit den Karten).

Fritz (verdrießlich). Ach die dumme Pferdebahn mit dem ewigen Gebimmel! .. Kinder, Ihr legt mir wirklich zu viel Karten .. Nu leg' mal die Karten weg, Alice! Ich glaub', Ihr bildet Euch wirklich ein, das trifft zu.

Alice (halb humoristisch). Gewiß trifft das zu. Meinen reichen Kahlkopf bekomm' ich sicher.

Fritz. Geübt hast Du auch noch nicht, heute .. Du mußt mehr üben und weniger Karten legen. Außerdem setzt Ihr Euch blos dumme Flausen in den Kopf.

Alice. Ich kann doch jetzt nicht spielen. Mama schläft doch.

Fritz. Na ja, Du hättest schon längst üben können. Kinder, laßt Euch doch nicht Alles und Alles sagen.

Franziska. Ja, ja, Fritzchen, Du hast immer Deinen Aerger. (Legt ihren Arm um Fritz, der neben ihr am Stuhl steht.)

Alice (hat sich nachlässig ins Sopha zurückgelegt, Arme gekreuzt).

Fritz. Is doch auch wahr! Wenn man nich immer dabei steht, wird nichts gemacht ..

Alice (gleichgültig). Was soll man denn in dieser Nach= mittagszeit anfangen, wenn man nicht gerade schläft? wie Du .. (Es beginnt zu dunkeln.)

Fritz (gereizt). Kinder, redt doch nich solchen Stuß! Ueberlegt doch, was Ihr sprecht. Ihr blamirt Euch ja .. Wenn das 'n Fremder hört.

Franziska (zärtlich). Ja, ja, Du hast ja Recht, Fritzchen.

Fritz (zu Alice gewandt). Wenn ich so seh', was andre Mädchen zu thun haben .. Ihr müßt nicht denken, daß das

31

immer so bleiben muß. Ihr müßt Euch bei Zeiten dran ge=
wöhnen, was zu thun . .

Alice. Gieb uns doch was zu thun!

Fritz (aufgebracht). Gieb uns was! . . Thu' ich nicht,
was ich kann?! Red ich nich tagaus, tagein?! . . Aber es
sind ja alles taube Ohren. Besonders Du, Alice!

Alice. Ich thu' schon meine Pflicht.

Fritz (in zunehmender Erregung). Ja, Du thust Deine
Pflicht! Grad' über Dich muß ich mich jeden Tag ärgern!
Nicht genug, daß Du nichts thust . . nein, auch dieser Eigen=
sinn! Fränze is ja auch kein Engel . .

Franziska (lächelt).

Fritz (fortfahrend, noch heftiger). Aber sie sieht das doch auch
ein. Fränze is 'n gutes Kind! Du verdirbst sie höchstens. . .
Du reiz'st einen ja bis auf's Blut! Ich ärger' mich ja schon
Jahrelang über Dich! Jahrelang!! . . Ach, was sag' ich!
Jahrzehnte lang!!

Alice (erhebt sich und geht langsam zur Thür hinaus. Aus dem
Zimmer ist langsam das Tageslicht verschwunden. Tiefe Dämmerung.).

Fritz (auf und ab gehend). So! Geh' nur! Spiel' nur die
Beleidigte! Ihr werdet das noch mal einsehn, daß ich Recht
gehabt hab'. . . Wenn's nicht zu spät is. Ihr müßt Euch
dran gewöhnen . . ans Arbeiten. Helft doch in der Wirth=
schaft, wenn's nicht anders is.

Franziska. Aber Fritzchen, da sind doch die Mädchen —
(die Thür öffnet sich. Heller Lichtschein. Alice mit der Lampe. Hinter
ihr Lutz.)

Lutz (Franziska begrüßend). Guten Abend, Fräulein Fran=
ziska! . .

Franziska (erwiedert den Gruß.)

Lutz. Guten Tag, Fritz.

Fritz. 'n Abend, Mensch! Na? . . Kinder, wo bleibt
der Kaffee? Es is ja schon Nacht!

Alice. Der Kaffee kommt gleich. Fränze, geh doch
mal!

Franziska (erhebt sich und geht).

Lutz. Das is ein Schneegestöber! Alle zehn Schritt
steckt 'ne Pferdebahn fest. Das kost't wieder Gelder!

Alice. In der Voß las ich, der letzte Schneefall hat

allein 15000 Mark gekostet. Bitte, setzen Sie sich doch, Herr Lutz!

Lutz (setzt sich in den Lutherstuhl, sehr gedrückt und ernst. Fritz ihm gegenüber. Alice wieder auf dem Sopha. Franziska bringt Tassen und Kanne nebst sonstigem Zubehör. Im Hintergrunde zeigt sich ein Dienstmädchen, dem Franziska die noch fehlenden Tassen, Teller u. s. w. abnimmt. Franziska und Alice ordnen gemeinsam den Kaffeetisch).

Alice. Bitte, bedienen Sie sich doch, Herr Lutz! Hier ist Brod, Butter... Wollen Sie mir Ihre Tasse reichen?

Lutz. Ich danke sehr, Fräulein Alice. Schon getrunken. Wollte blos mal 'n Augenblick vorbeikommen. Wegen des Buchs...

Alice. Wollen Sie nicht noch 'n Schluck trinken?... Familienkaffee!

Fritz (eifrig beim Kaffee beschäftigt). Nanu, Mensch, so'n Kaffeefeind? Auf einmal? — Trink, iß und trink! Is ja noch das einzige, wo man hat.

Lutz. Danke! danke *wirklich*, Fräulein Alice! (Während des Folgenden eifriges Kaffeetrinken, außer Lutz, der den Arm auf das Knie stützt und den Kopf auf den Daumen, Kopf ziemlich hoch).

Lutz. Na, was treibst Du jetzt so? Gut bekommen gestern?

Fritz. Ach, man hat keinen rechten Mumm!.. Es war doch auch wieder ziemlich spät. Man sollte wirklich das Alkoholtrinken aufgeben..

Lutz. Na, ich trank Selterwasser.

Fritz. Das Alkoholtrinken und das Rauchen. Ich werd' mir jetzt das Rauchen abgewöhnen.. (Zu Franziska.) Na, was grienst Du?

Franziska (die neben Alice auf dem Sopha sitzt). Wie lange Fritzchen?

Fritz (schmiert sich eine Stulle, vergnügt grinsend). Ich hab' heut schon nich geraucht. Ich werd' das jetzt durchführen.. Von heut ab. Reich' mir doch noch mal die Butter! Ich werd' überhaupt Vegetarier werden.. Pflanzenkost is das einzig Wahre.

Alice. Sie essen gar kein Fleisch, Herr Lutz?

Lutz. O doch! doch! Im Allgemeinen ja nicht.. Aber ich binde mich nicht. Ich will mich nicht binden. Ich halt's eben für gesünder keins zu essen.. Prinzipiensache is das bei mir nicht. Wenn ich seh', daß es mir nicht bekommt, steck' ich's wieder auf.

Alice (hat aufmerksam zugehört, antwortet aber nicht.)

Fritz. Ich werd' mir's jetzt zum Princip machen, nur noch lauwarm zu essen .. Mit dem heißen Essen verbrüht man sich blos den Magen. Man thut lang' nicht genug für seine Gesundheit.

Franziska (sieht ihn ironisch von der Seite an). Na, Fritzchen!

Schweigen.

Lutz. Was hast Du nu eigentlich in den letzten Monaten getrieben? Was macht denn nu die Malerei?

Fritz (zuckt die Achseln.) Ach Gott, man kommt gar nicht recht zu was .. Scheußlich, eigentlich! Is ja aber auch kein Wunder! Die Situation is auch nicht danach ..

Lutz (nickt.

Fritz. Du bist ja auch schon so'n bischen eingeweiht in die Verhältnisse. Du bist doch 'n verständiger Mensch .. Sag' doch selbst!

Lutz (düster). Ja, wo man hinsieht, Zerdrücktheit und Zerkrampftheit!

Fritz. Man weiß ja nicht mal, was der nächste Tag bringt. Jeden Augenblick kann's krachen. Da sitzt man da ..

(Schweigen.)

Alice. Haben Sie denn schon was gefunden, Herr Lutz?

Lutz. Nein, noch nicht. Ich weiß überhaupt nicht, ob ich hierbleibe. Vielleicht geh' ich bald ..

Alice. Vorgestern meinten Sie doch ..

Lutz. Ja, es war aber auch nicht ganz sicher.

Alice. Wohin, wissen Sie wohl noch nicht?

Lutz. Nein, wohin weiß ich noch nicht. Is mir auch ganz egal! Verloren gehen kann man ja nicht ..

(Man hört draußen Stimmen. Winter wird von Jemand in's Zimmer geschoben, der hinter ihm die Thür wieder schließt.)

Winter (trägt Blumentopf, Palme in der Hand, verbeugt sich mit leicht verlegenem Lächeln). Punks, da bin ich! (Geht auf die Anwesenden zu.)

Alice (sich erhebend). Guten Tag, Herr Winter! Wissen Sie, wir haben Sie eigentlich gar nicht kommen hören.

Winter. Ja, wie 'n Gespenst! Ich war auch ganz erschrocken. Ihre Frau Winter .. Wo darf ich ihn hinstellen?

34

Alice. Ach, is das aber eine schöne Palme, Herr Winter! Sieh mal, Franziska!

Winter. Ja, ich hab' mir erlaubt .. Als kleines Weihnachtsgeschenk. Sehr nachträglich allerdings .. Aber von Herzen! (Ueberreicht Alice den Topf.)

Fritz (grinsend). Hoffentlich nich mit Schmerzen ..

Alice (trägt den Topf zum Blumentisch, scherzend). Nu, wir nehmen's auch so an. Sie wissen ja, wir sind nicht so.

Winter (begrüßt sich mit Franziska und Fritz).

Alice (kommt vom Blumentisch zurück). Haben Sie Mama schon .. Mama wird sich sehr freuen über die Palme. Bitte, setzen Sie sich, Herr Winter!

Winter (steht einen Augenblick nachdenklich). Ja eben, Ihre Frau Mutter .. Ich sprach schon mit ihr draußen.

Alice. So? Wollte sie nicht auch reinkommen?

Winter. Ja, das dacht' ich auch. Plötzlich stand ich hier drin .. Ordentlich reingeschoben.

Alice (humoristisch). Aber, Herr Winter .. sich so zu uns schieben zu lassen, nein! .. Mama wird wohl noch nicht ganz fertig sein. (Kurzes Schweigen.)

Winter (plötzlich). Gott, da is ja auch noch Lutz! (Geht auf Lutz zu.)

Lutz (erhebt sich schweigend, erwiedert aber den Blick Winters).

Winter (vor Lutz). Oder hab' ich Dir schon die Hand gegeben, ne?

Lutz. Nein, Du warst noch nicht so gütig.

Winter. Wie steht's denn sonst? Was von Bedeutung nich passirt seit gestern, was?

Lutz. Danke für gütige Nachfrage, nein. (Ist stehen geblieben, zu Fritz.) Ja, ich will doch . . . Giebst Du mir das Buch?

Fritz. Ja, Mensch, gleich! Kommst Du in mein Zimmer? (Erhebt sich.) Ich hab' auch noch schnell 'ne Besorgung zu machen. Wir können ja zusammen . . (Zu Winter.) Auf Wiedersehn.

Winter (erhebt sich, zu Hagen). Wiedersehn! Na, so eilig?

Fritz. Ja, na wir sehn uns wohl nachher noch .. Atje!

Winter. Atje! .. Na, 's nächste Mal!

Fritz. 's nächste Mal!

Lutz (hat sich unterdeß schweigend von den Damen verabschiedet, reicht Winter die Hand. Die Beiden stehen sich einen Augenblick gegenüber und betrachten sich).

Winter (plötzlich). **Mahlzeit, Mensch!** (Lutz und Hagen ab, Alice, Franziska und Winter haben sich wieder gesetzt. Kurzes Schweigen.)

Alice. Trinken Sie vielleicht noch Kaffee, Herr Winter?

Winter. Danke sehr, Fräulein Alice! Bereits getrunken. Sehr liebenswürdig zwar.

Franziska. Sie seh'n aber recht wohl aus, Herr Winter.. Findest Du nicht auch, Alice?

Alice. Ja, Herr Winter, Sie haben sich sehr erholt.

Winter. Ich fühl' mich auch wirklich sau .. kreuz= wohl. Na, das solide Leben zu Hause! Und dann .. Na kurz, mir is wirklich großartig zu Muth'. Kann mich gar nicht entsinnen, jemals .. Wissen Sie .. so .. der Optimis= mus is doch das einzig Wahre! Es muß überhaupt viel mehr gelacht werden. Finden Sie das nicht auch, Fräulein Alice?

Alice. Ach, wir lachen genug .. Wir sind so glücklich veranlagt. Wir lachen eigentlich über Alles.

Winter. So? Thun Sie das wirklich? Das kommt mir gar nicht so vor. Ich halt' Sie gar nicht für so humoristisch ..

Alice (humoristisch). Doch! Ich bin sehr humoristisch. Sie kennen uns blos nicht ..

Winter (zweifelnd). Hm ..

Franziska (die sehr gelangweilt dasitzt). Ja, ja, Alice kann furchtbar albern sein.

Alice. Ja und's Kind erst!

Franziska. Du fängst doch immer an.

Alice (humoristisch). Fränze! .. Soll ich Dir mal denken helfen? (Muß lachen.)

Franziska (muß ebenfalls lachen).

Winter (sieht beide zweifelnd an). Ja, aber .. (Plötzlich.) Wissen Sie, ich glaub's Ihnen nich so recht ..

Alice. Was glauben Sie nicht?

Winter. Ich glaub' Ihnen nicht, daß Sie wirklich so ..

Alice (ernster). Warum glauben Sie uns das nicht? Das können Sie uns schon glauben.

Winter (zweifelnd). Ich weiß nicht ... das kommt mir

gar nicht so .. 's mag ja sein .. aber ich hab' immer so das Gefühl, als wenn das innerlich gar nicht so recht .. Wirklich, Fräulein Alice, ich hab' das Gefühl, als wenn Sie innerlich ganz anders ..

Alice. Wenn Sie sich da man nicht irren ..

Winter. Als wenn Sie innerlich eigentlich viel tiefer wären, als Sie sich so geben. Uebrigens schließt sich das ja nicht aus .. mit dem Humor, mein' ich. Aber wissen Sie, so was .. (mit Geste) so was Unergründliches .. so was aus dem Abgrund herauf! Und dann außerdem .. (Schweigt plötzlich.) Ja.

Alice. Ich weiß nicht, ob Sie da nicht ..

Winter. Ich glaub', Sie müssen 'n viel stärkeres .. Und darum kommen Sie mir auch immer so sonderbar vor, wenn Sie lachen. (Plötzlich.) Als wenn Sie das Alles gar nicht so meinen, sondern ganz anders. So .. So .. Wissen Sie .. Sie haben was Melancholisches für mich, Fräulein Alice .. Trotz allem Lachen!

Alice (mit sonderbarem Ton). Und davon sind Sie fest überzeugt?

Winter (sieht sie voll an, dann plötzlich mit herzlicher Entschieden= heit). Ja. (Schweigen, von der Straße her ein abgetöntes leisestes Summen.)

Winter (leichter). Uebrigens gegen den Humor hab' ich gar nichts, wie gesagt .. Im Gegentheil. (Mit Bedeutung). Wenn's wirklich Humor is. Darauf kommt's ja an. Was meinen Sie dazu, Fräulein Alice?

Alice (zuckt die Achseln).

Winter. Der arme Lutz hat auch zu wenig Humor. Der is auch in 'ner fürchterlichen Krisis .. Ach, Gott sei Dank! Das hat man hinter sich. Den Sturm und Drang hat man hinter sich. Ja, ja, die Lehrjahre sind vorbei .. Nu müßten eigentlich die Wanderjahre kommen ..

Alice. Wie finden Sie den Entschluß von Herrn Lutz?

Winter (achselzuckend). O .. ganz .. ä .. es kommt ja drauf an ..

Alice. Ja, ich finde auch, es gehört viel Muth dazu. Viel .. Ja, es ist ein Entschluß ..

Winter. Ja, unbedingt, das is es. Man kann ja darüber streiten, ob es sehr vernünftig is .. Uebrigens für meinen Geschmack hab' ich nichts dagegen. Im Gegentheil eigentlich .. Na, jedenfalls also ..

Alice. Sie halten auch viel von Herrn Lutz?

Winter. Ja, er is 'ne Persönlichkeit .. Darum wird er sich auch durchbeißen. So oder so .. Er hat den Muth der Persönlichkeit. Er is eben er ..

Alice (hört aufmerksam zu, ohne zu antworten).

Winter. Eine Persönlichkeit! Ja, da liegt das ganze Geheimniß. Sich ausleben .. Wissen Sie, Fräulein Alice, ich hab' das Gefühl, ich müßte noch viel in der Welt vor mich bringen .. Ich hab gar keine Angst. Ich hab' das Gefühl, ich steh' jetzt am Anfang meiner Laufbahn. Wohin's gehen wird, das weiß ich noch nicht .. Aber daß es gehen wird, das weiß ich.

Alice. Schreiben Sie jetzt etwas, Herr Winter?

Winter. Ja, ich hab' was vor .. Was Lebens= freudiges.

Alice (seltsam). Was Lebensfreudiges ..

Winter (in starker Bewegung). Ja, Fräulein Alice, was Lebensfreudiges! Was meinen Sie dazu?

Alice (zuckt die Achseln).

Schweigen.

Winter. Ja ja, das fehlt Ihnen ..

Alice. Finden Sie das so wunderbar?

Winter. Nein, wunderbar finde ich das nicht.

Schweigen.

Alice. Sie sind 'n Mann .. Sie haben was er= lebt .. Sie haben 'ne Vergangenheit. Wir haben keine Vergangenheit. Sie haben Erinnerungen .. Sie kennen was vom Leben. Möglich, daß man da lebensfreudig wird .. Bei uns is das Alles nicht. Wir haben immer zu Haus ge= sessen. Wir haben nicht mal 'ne Gegenwart ..

Winter (schwer). Ja .. ja.

Alice (humoristisch). Wir haben eigentlich gar nichts.

Schweigen.

Winter (plötzlich). Na, Fräulein Alice .. aber Sie werden etwas haben. Sie haben eine Zukunft. Ja, das ist es, Sie haben eine Zukunft ..

Alice (achselzuckend). Wer weiß

38

Winter (begeistert). Ja, ich weiß das, ich kann Ihnen das prophezeien.

Alice (humoristisch). Nach den Karten, ja. Er kommt immer wieder .. der alte, reiche Herr!

Winter. Nach den Karten? So, so, Sie legen also Karten ..

Alice. Ja ja, man muß sich eigentlich schämen.

Winter (höflich). O, bitte sehr ..

Alice. Wir haben ja weiter nichts zu thun. Sie wissen ja, wie fleißig wir sind.

Winter. Also ein alter reicher Herr!

Alice. Ja, ein alter reicher Herr. Aber er muß schon sehr reich sein .. So dumm! Wenn ich schon 'n alten nehme, dann muß er schon steinreich sein ..

Winter. Also nehmen würden Sie ihn eventuell?

Alice. Ja, natürlich, wenn er so dumm is .. dann mag er doch sein Unglück haben. Aber Geld muß er haben. Ohne Geld nehm' ich ihn nicht.

Winter. Also das Geld is bei dem ganzen Rummel die Hauptsache?

Alice (humoristisch.) Ja, ohne Geld heirath' ich nicht. Ist mir wirklich immer 'n sehr angenehmer Gedanke gewesen, reich zu sein .. Sie können Fränze fragen. Sie wissen ja, zum Arbeiten haben wir Alle nicht so recht Lust. Wir müssen nicht so recht dazu geboren sein. Finden Sie das nicht wunderbar?

Winter. Fräulein Alice! Fräulein Alice!

Vorhang.

Zweiter Aufzug.

Winters Wohnung. Erker=Zimmer. Einfache aber anheimelnde Ausstattung. Breites, graues Sopha. Zwei graue Sessel. Rohrstühle an den Wänden. Bücherrepositorium aus der vorigen Wohnung. Vor dem Sopha viereckiger, massiver Tisch. In der Erkerausbuchtung des Zimmers zweiter ebensolcher Tisch als Schreib= und Arbeitstisch benutzt, mit Papieren, Büchern u. s. w. überhäuft. Rechts vom Eingang Thür zum Nebenzimmer. In der Ecke links neben der Eingangsthür bunter, breiter kaminartiger Kachelofen. An den Wänden einige Zeichnungen und Studien. Zahlreiche Photographien nach Landschaften. Zimmer sehr hoch. Gegen den Erker zu sehr helle und scharfe Beleuchtung. Strom von Licht trotz des Spätnach=mittags. Fenster weit geöffnet. Blick gegenüber auf eine parkartige Anlage, in deren Hintergrund sich hier und da vierstöckige Häuser abheben: ehemaliger Friedhof, jetzt als Spielplatz benutzt. Hohe alte Bäume. Reste von Grab=gittern und Grabhügeln. Sonniger warmer Frühlingstag, zwei Monate später. Winter und Luise, beide in Hut und Mantel, noch winterliche Aus=rüstung, treten ein.

Winter (sich vergnügt umsehend). So, da wären wir ja wieder! (Aufathmend.) A . . a . . h! dieses Licht! dieses Licht! Siehst Du Kind, hab' ich nich Recht? Is das nich viel mehr Licht . . Viel mehr Glanz . . Tausend m a l mehr Licht, als bei den meisten Landschaftsgemälden in der Nationalgalerie? (Legt ab).

Luise (ebenfalls ablegend, eifrig). Ja, Du hast Recht, Ernst. Es war Alles so dunkel . . auf den Bildern. So . . denk blos das eine, wo es Mittag sein sollte . . man sah ja kaum was. So dunkel war's.

Winter. Ja, und die Sonne mußte hoch am Himmel stehen. Fast ganz wolkenlos . . Doll! Alles eine braune

Sauce! Von Licht haben die Leute ja keine Ahnung. Von dem wirklichen L i c h t!

Luise (nachdenklich, noch halb im Jaquet drinsteckend). Du, einige waren doch aber .. Du hast doch a u c h gemeint.

Winter. Na ja, 'n Paar. Das war doch auch gleich ganz was and'res, nicht wahr?

Luise (nickt, noch immer nachdenklich. Will das Jaquet g a n z ab= streifen, verhakt sich dabei).

Winter (belustigt). Na, ich bin doch neugierig, wie Du da rauskommen wirst ..

Luise (sich noch immer abmühend, geärgert). Häßlicher Mensch Du! Du könntest mir lieber helfen. Früher hast Du mir immer geholfen. Ja, jetzt braucht er das nicht mehr. Wart!

Winter (belustigt). So? Früher hab' ich Dir immer geholfen und jetzt nicht mehr? Ach, was bin ich doch für 'n schlechter Mensch! Na wart! (Packt die beiden Aermel, in denen sie sich festgehakt hat, so daß sie ihre Arme nicht rühren kann und sich wehrlos von hinten einen Kuß rauben lassen muß).

Luise (sucht vergeblich mit dem Kopf auszuweichen). Pfui! Nich doch! Nich! Du! (Muß lachen.)

Winter (ebenfalls lachend). Siehst Du, was ich für'n schlechter Mensch bin! (Ihr von hinten über die Schulter in das zurück= gebeugte Gesicht sehend.) Das macht mir aber S p a ß, 'n schlechter Mensch zu sein .. Na, was machst Du jetzt?

Luise (sträubt sich von Neuem, während er ihrem Munde ganz nahe kommt.) Willst Du gleich los .. Das wollen wir doch mal .. (Sucht ihre Arme aus seiner Umklammerung loszuwinden.)

Winter (energisch festhaltend, ihrem Munde ganz nahe). Na ja, das woll'n wir doch mal seh'n. Na?

Luise (erregt). Du, ich beiß!

Winter. Na ja, b e i ß! Mein Schatz, beiß! (Küßt sie.)

Luise (lacht und erwidert herzhaft seinen Kuß).

Winter. Na Du beißt ja nich? Vielleicht noch'n mal?

Luise (sich an ihn lehnend, erschöpft). Ach Du! bitte Ernst, bitte! ..

Winter. Siehst Du, bist Du jetzt gezähmt? Du kleiner Panther! Was?.. Ein Panther bist Du! Wie sie geschmeidig is.

Luise (noch immer erschöpft). Nu laß mich aber auch los! Du bekommst auch 'n Kuß ..

Winter. 'n Kuß? Den kann ich mir ja nehmen .. Wenn ich will. Ei die vorher?

Luise (geärgert). Ach, das waren keine ..

Winter (wieder fester zupackend, näher an ihrem Mund). Waren das keine?

Luise (schnell). Ja, ja, das waren welche.

Winter. Siehst Du, und wenn ich jetzt will, kann ich mir noch einen nehmen. Ich will aber nich. Ich bin gut. Oder will ich doch? Eigentlch .. Ja! (Küßt sie noch einmal schnell, im Begriff loszulassen).

Luise (schreit leicht auf.) Du! (Reißt sich los und flüchtet an den Ofen). Abscheulicher Mensch bist Du! (Verbarrikadirt sich mit einem Stuhl, herausfordernd) Komm doch!

Winter (hat das Jaquet in der Hand behalten, betrachtet es mit komischem Ausdruck). Ein Schatten nur! Die Seel' entfloh .. (Humoristisch.) Trauriger Ueberrest einer einst stolzen Größe übrigens .. Weißt Du, Du brauchst auch bald 'n neues Jaquet ..

Luise (am Ofen). Ach, das is noch lang' gut für Dich. (Herausfordernd). Jetzt kannst Du kommen .. Jetzt hab' ich keine Angst ..

Winter (näher kommend). Siehst Du, das war die Strafe für vorher.

Luise (schon auf dem Sprunge). Ich bin überhaupt viel stärker als Du. Auch größer bin ich ..

Winter. Sieh blos, diese Katze! Hat noch nich genug! Na wart', jetzt aber! (Duckt sich, als wollte er mit einem Satze auf sie zuspringen).

Luise (will sich flüchten, lachend). Nein .. nein .. nein ..

Winter (belustigt). Aha! (Ernster.) Na, hab' keine Angst, Kind, ich thu Dir nichts. (Dicht vor ihr, durch den Stuhl getrennt, den sie vor sich hält). Ich kann Dich doch mal 'n bischen betrachten ..

Luise. Ja, wenn Du willst .. Kennst Du Deinen Esel nicht schon. Ich denk', Du kennst mich schon.

Winter (sie nachdenklich betrachtend). Ach, wer kennt euch Weiber?!

Luise. Und euch erst! Besonders Dich .. Ich hab' auch zu thun gehabt, bis ich aus Dir klug war.

Schweigen.

42

Winter. Du, Kind, weißt Du was?

Luise (neugierig). Na?

Winter. Du, Kind, ich find', Du bist heut so hübsch..

Luise (sucht ihn in komischem Aerger weg zu schieben.) Ach, geh!

Winter. Ja, ja, unbedingt, Du bist heut auch hübsch!

Luise (schalthaft. Das merkst Du jetzt erst? Du bist einer! Gieb mir lieber das Jaquet.. Wo Du hinkommst, sieht's gleich unordentlich aus.

Winter (reicht ihr mechanisch das Jaquet von einem der Sessel, auf den er es vorher geworfen hat. Noch immer nachdenklich.)

Luise. Und den Ueberzieher hat er auch irgendwo hingeworfen! Das sah so schön ordentlich vorher aus.. hier. (Nimmt die abgelegten Sachen und trägt sie auf den Korridor. Wieder hineinkommend.) Ach, das is doch wirklich 'n schönes Zimmer! (Sieht sich entzückt um.) Ernst, sieh doch! Sieh blos die Sonne da hinter dem Park.. Ach, is das schön!

Winter (aus seinen Gedanken auffahrend, geht mit Luise, die den Arm um ihn gelegt hat, in den Erker, tief aufathmend). Ah.. und die Luft! Diese warme, schmeichelnde Luft! (Tief.) Frühling!

Schweigen.

Luise. Ernst?

Winter. Ja, Kind?

Luise. Ja, Ernst? Wir werden recht.. recht froh sein in diesem Zimmer..

Winter (voll). Ja, Kind, das denk ich! Das werden wir!..

Luise (erschüttert). Du bist ja mein Einziges! Ich hab' ja Niemand!

Winter. Aber Kind?!

Schweigen.

Winter (leichter). Na, Schätzchen, was meinst Du zu dem Zusammenleben? Hast Du Dich nu schon 'n bischen eingelebt in den paar Tagen? War das nicht 'n famoser Gedanke?

Luise (senkt den Kopf und nickt).

Schweigen.

Luise. Du Ernst, weißt Du was?

Winter. Und?

Luise. Ich bin so froh, daß ich nicht mehr bei Beckers bin?

Winter. Siehst Du, ich auch. Wirklich, das ist 'n

Glück! Nich wahr, das is doch 'ne ganz andere Sache, auf seinem Eigenen zu stehen?

Luise (einfach). Ich fühl' mich so f r e i .. Man braucht sich von Niemand mehr ausschelten lassen.

Winter. Ja, frei! frei! Darüber geht nichts .. (Nachdenklich.) Nichts auf dieser Welt.

Luise. Blos von Dir ..

Winter. Was?

Luise. Ausschelten lassen ..

Winter. Ach, Du Schaf! Du schiltst .. Ich glaub', ich komm noch ganz unter'n Pantoffel.

Luise (komisch). Ja, Du!

Winter (sich geschwellt umsehend). Siehst Du, das gehört uns! Darüber haben wir zu sagen .. Da wollen wir uns nu einrichten, daß es 'n Spaß sein soll. (Plötzlich.) Warum setzt Du Dich nicht?

Luise (nachdenklich an seinem Stuhl stehend). Ach, ich dachte nur so ..

Winter. Woran dachtest Du?

Luise. Ich hab' gedacht, wie das Alles so (achselzuckend) gekommen ist .. so .. (zuckt wieder die Achseln). Ich weiß selbst nicht ..

Winter (träumerisch). Vielleicht wissen wir's beide nicht .. Ja, ja, wie die Jahre hingegangen sind! Wir haben doch schon manches mit einander erlebt .. Viel .. Viel!

Luise (trübe). Nach Hause komm' ich nu wohl auch nicht mehr. Die wird mich nicht haben wollen .. die ..

Winter. Deine Stiefmutter?

Luise (nickt, will sich neben Winter setzen).

Winter. Du, Kind, bleib doch 'n Augenblick! (Vom Park her fällt ein Sonnenstrahl über Luisens Gesicht).

Luise (aufrecht, hell beschienen). Was willst Du? Das blendet so ..

Winter. Kind, Du bist wirklich hübsch. Ordentlich schön warst Du in dem Moment!

Luise (stößt ihn leicht in die Seite). Du! (setzt sich) Du hast wohl noch gar nicht gemerkt, daß ich mein Haar jetzt aufgesteckt trag'?

Winter. O, bitte sehr, gewiß hab' ich das! das wär' ja noch besser! Meinst Du wirklich, daß ich so was nicht seh'?

Luise. Bei Andern vielleicht . .

Winter (belustigt). So? z. B. . .

Luise (eifersüchtig). Ach! red' Du!

Winter (stichelnd). Bei Fräulein Alice Hagen z. B . .

Luise (schmollend). Ach, laß mich in Ruh'! Ich will gar nichts von Dir wissen. (Plötzlich.) Gefällt's Dir so? Sonst mach' ich's anders.

Winter. Nein, nicht anders! Sehr hübsch so. Nein, aber abgesehn davon . . Ganz abgesehn vom Haar. Gefallen thust Du mir immer. Hübsch bist Du immer. Wenigstens für mich . .

Luise (etwas eitel). Du, das haben auch schon And're gesagt.

Winter (belustigt). So? Also auch schon Andere! Ei, ei, da werd' ich ja ordentlich eifersüchtig . .

Luise (gekränkt). Du brauchst nicht eifersüchtig sein.

Winter. Nein, nein, Kind, Unsinn! Ich weiß ja, was Du für'n unschuldiges naives Kind warst, als wir uns kennen lernten.

Luise (mit zärtlichem Vorwurf). Du hast mich verdorben . .

Winter. Als Beweis dafür bitt' ich demüthigst um einen Kuß.

Luise. Da! (kurzer, herzlicher Kuß).

Winter. Weißt Du, Kind, der schmeckt noch eben so frisch wie der erste, den Du mir gegeben hast . . Erinnerst Dich noch, im Grunewald?

Luise. Ja, ich wußt' gar nicht, was ich von Dir halten sollte. Am liebsten wär' ich gleich weg . .

Winter. Und bist doch geblieben! . . Siehst Du, das is es, weniger weil Du so hübsch bist . . das auch, aber die Hauptsache! Du hast so was Frisches, so was Gesundes. So einen Duft von Jugend und Gesundheit! Und jetzt wirst Du erst recht aufleben . .

Luise. Du, ich bin gar nicht mehr so jung. Ich werd' bald 22 Jahre alt

Winter. Und bist doch so jung wie am ersten Tage, als ich Dich sah. Natürlich, Du hast Dich entwickelt. Du bist gereifter geworden .. Innerlich. Sehr sogar. Das is keine Frage. Aber Du bist doch so jung .. Ich weiß nicht ..

Luise. Ich werd' bald 'ne alte Schachtel sein.

Winter. Na, das können wir in aller Ruhe abwarten. Vorläufig seh' ich noch nicht mal 'n Fältchen in dem Gesicht. 'n 20 Jahre hat das noch Zeit .. Schau mal da, jetzt geht sie unter. (Deutet aus dem Fenster.)

Luise (eilt ans Fenster). Da, da! jetzt wird sie gleich hinter den Bäumen weg sein .. Wie die Kinder schon auf dem Platz spielen!

Winter. Is ja 'n Frühlingstag! (Das Zimmer füllt sich auf einen Moment mit blendendem Licht).

Luise (entzückt). Ach! Ach!

Winter. Abendsonne! Und noch so blendend. (Das Licht verschwindet, Schweigen. Von draußen Kinderstimmen).

Luise (wieder neben Winter, plötzlich). Wo wirst Du da sein?

Winter (sieht sie einen Augenblick an, ohne zu verstehen. Dann) Nach 20 Jahren meinst Du?

Luise (nickt).

Winter. Ja. (Achselzuckend.) Wo wirst Du sein? Meinst Du nicht, daß wir zusammen sein werden?

Luise (schüttelt den Kopf).

Winter. Warum nicht? .. Gott, garantiren kann man natürlich nicht, das is ja richtig. Du kennst ja meine Ansichten ..

Luise (nickt).

Winter. Wir binden uns eben nicht .. Wir stehen frei nebeneinander. Aber grad' darum .. Warum sollten wir nach 20 Jahren nicht noch ebenso zusammen sein können? Das seh' ich nicht ein.

Luise (schüttelt den Kopf).

Winter (ungeduldig). Ja, aber warum nicht?

Luise. Ich kenn' ja meinen Ernst.

Winter. So? Und? Da bin ich doch neugierig ..

Luise (lehnt sich leicht an ihn). Du mußt immer was Andres haben. Was Neues .. Sonst is Dir nicht wohl.

Winter (halb wider Willen lächelnd). Oach! So schlimm is es doch aber nicht ..

Luise. Ich weiß ja .. Wenn wir uns früher mal

46

'n paar Tag' hinter 'nander geseh'n haben .. Weißt Du, wie ich die Zeit damals im Geschäft war .. Ach, Du warst gleich so .. so .. 's war Dir schon langweilig! Ja, Du kannst r e ch t schlecht sein!

Winter (zärtlich.) Ach, Kind, das waren auch and're Zeiten .. Da waren wir beide noch .. Jetzt liegt die Sache ganz anders.

Luise (zweifelnd). Na, Du!

Winter. Ja, ja, glaub' mir das!

Luise (plötzlich). Ich glaub' Du m u ß t das auch haben ..

Winter. Was?

Luise. Du m u ß t immer was And'res haben. Du bist so'n Mensch. Mit Dir is schwer umgeh'n .. Wie mit 'm roh'n Ei. Ich hab' oft meine Noth gehabt.

Winter (zärtlich. Du Alte!

Luise. Ihr Schriftsteller seid Alles solche Menschen .. so .. hu! (Macht eine komisch abwehrende Geberde.)

Winter (erstaunt). Wie kommst Du darauf?

Luise. Ja, Du meinst immer, ich kenn' Dich nicht. Ich hab' mir genug den Kopf zerbrochen .. Aber man muß Dir ganz Deinen Willen lassen. Nachher kommst Du doch wieder.

Winter (sehr erstaunt.) Sieh, sieh, das kleine Kind! Was Du Alles! Hä! (Schüttelt sehr erstaunt den Kopf.)

Luise (fortfahrend, zuversichtlich). Ich möcht' wissen, wie lang' Du's jetzt hier aushalten wirst .. lang' doch nicht ..

Winter (belustigt). So? Und unsere Wohnung und das Alles? Ne, Kind, vorläufig ..

Luise. Das is Dir doch gleich, wenn Du Deinen An= fall hast.

Winter (ernster). Ne, ne, Kind, Du irrst Dich. Die Sache liegt jetzt ganz anders. Ich fühl' mich pyramidal wohl hier! Was f e h l t mir denn! Und dann kann ich auch mal ordentlich drauf los arbeiten. Ich hab' wirklich das Bedürfniß, mich mal tüchtig auszuschreiben.

Luise. Kannst Du das anderswo nicht auch?

Winter. Nein, nicht so gut. Da muß ich mich erst ein= leben u. s. w., h i e r hab' ich Alles. Ich hab' doch alle meine Freunde hier. (Stichelnd.) z. B. Hagens .. Na, und dann die Hauptsache an Berlin .. na rath mal!

Luise (sieht ihn fragend an). Ich weiß nicht . .

Winter. Das weiß sie nicht! (Schüttelt sie ein paarmal herzhaft.) Du! Du! Du! Du! (Ernster.) Siehst Du . . Und deswegen allein kann ich ja schon nicht weg.

Luise. Du hast mir mein ganzes Haar zerzaust. Nu machs mir wieder zurecht.

Winter (singend). Na ja . . (Ordnet ihr Haar, währenddes.)

Luise (mit gesenktem Kopf von unten herauf sprechend). Du, ich kann auch von Berlin weg.

Winter. Warum, wie meinst Du? (Hat ihr Haar geordnet, drückt einen Kuß darauf.)

Luise. Ich brauch' nicht immer hier zu bleiben. Mir liegt gar nichts an Berlin.

Winter (erstaunt). Sie will von Berlin weg? Na so was?

Luise. Ach, das weißt Du doch schon lang'.

Winter (sinnend). Ja, ja, ich entsinne mich so dunkel . . (Schüttelt den Kopf.)

Luise. Ich möcht' gern mal in die Welt raus . . Immer dies alte Berlin! Ich kann überall arbeiten . .

Winter. Ja, arbeiten kann man überall. Wenn's nothwendig is . .

Luise. Anderswo bekommt man vielleicht leichter Arbeit wie hier.

Winter. Ja, mag sein . . Warum?

Luise (zaghaft). Sei mir aber nicht böse Ernst!

Winter. Ja, was denn Kind?

Luise (zärtlich aber entschieden). Ich möcht' auch was thun. Du sollst nicht Alles allein machen. Ich will auch was verdienen . .

Winter (erstaunt und gerührt). Ja, aber Kind . .

Luise (sich an ihn schmiegend). Nein, das mußt Du mir versprechen . .

Winter (noch immer erstaunt). Ja, aber . .

Luise (schmollend). Nein, dann geh' ich von Dir weg. Dann bleib' ich nicht bei Dir . .

Winter. Ach Du bist nicht recht . .

Luise (eigensinnig). Hörst Du?!

Winter. Ja, aber warum denn?

Luise. Ich will auch was verdienen. Ich will nicht immer von Dir abhängig sein. Du meinst immer .. Ja, ich kann auch was.

Winter. Ja, was denn? Hast Du denn schon was? Erzähl' doch!

Luise. Ich sag's Dir noch nicht .. bis ich's kann. Sonst lachst Du mich aus.

Winter (kopfschüttelnd). Na, die Sache is doch wirklich .. Wenn ich nicht wüßte, daß Du nie so was gelesen hast .. (Es schellt draußen.)

Winter. Sollte das Binder ..? Ne, unmöglich! Du, Kind, ich hab' versprochen, den abzuholen. Erlaub' mal! (Geht auf den Korridor.)

Luise (hat sich erhoben, bringt die Stühle in Ordnung, sieht erwartend nach der Thür. Draußen Stimmengeräusch. Im Zimmer beginnt es während der folgenden Unterhaltung langsam zu dämmern).

Hedwig (tritt ein, ohne Luise zuerst zu bemerken).

Hedwig ist klein, brünett. Volle üppige Gestalt, lebhafte Bewegungen, Ponnyhaare, modischer Hut, wie auch die sonstige Kleidung.

Winter (hinter ihr, höflich). Bitte sehr, hier Fräulein! Du Kind, hier is 'ne alte Freundin von Dir .. 'ne alte Landsmännin .. Fräulein Hedwig.

Luise (erstaunt). Ach Hedwig, Du!

Hedwig (auf Luise zu). Guten Abend, mein altes Lieschen! Nein, wie freu' ich mich! (Begrüßung.)

Luise (zurückhaltend, wie während der ganzen folgenden Unterhaltung). Guten Abend, Hedwig! Wie geht's Dir?

Winter. Wollen sich nicht setzen, Fräulein? 'n Bischen ablegen, was? Bitte mich zu entschuldigen!

Hedwig (kokett). O, ich dank' sehr, mein Herr! Ich komm grad' vom Geschäft. Ich wollt' blos mal seh'n, wie's meinem Lieschen geht. Ich hab' gehört, daß Du jetzt hier wohnst, Kind. Nein, is das ein Glück! (Setzt sich, Sonnenschirm in der Hand, sieht sich neugierig im Zimmer um).

Winter. Also bitt' um Entschuldigung! Ich hab' noch'n Gang.

Luise (ängstlich). Bleibst Du lang' weg, Ernst?

Winter. Ne, Kind, gar nicht lang' Is ja nicht weit bis zum Atelier. Hoffentlich is Binder nicht schon weg .. höchste Zeit!

Luise. Du, komm bald wieder! Ja, Ernst?

Winter. Natürlich, Viertelstunde bin ich wieder hier. Binder kommt wahrscheinlich mit. Adieu Fräulein.

Hedwig (sich erhebend). Adieu, mein Herr! Ich werd' Ihrem Lieschen so lang' Gesellschaft leisten . .

Winter. Adieu, Kind! (Reicht Luise die Hand).

Luise drückt seine Hand, sieht ihn bittend an).

Winter (verwundert). Was hast Du, Kind? . . Also Wiederseh'n! (Ab.)

Luise (begleitet ihn bis zur Thür, kommt dann zurück und setzt sich auf einen Stuhl gegenüber Hedwig).

Hedwig (schnell, etwas geheimnißvoll). Is das noch Dein altes Verhältniß? Mit dem Du so lang' gegangen bist . . Nein, hast Du 'n Glück, Mädchen!

Luise. Ach, Hedwig, er is so gut zu mir.

Hedwig. 'n feinen Geschmack haste, Mädchen! Den möcht' ich mir auch anschaffen! Und nobel seid Ihr einge= richtet! Nobel muß die Welt zu Grunde geh'n! Ich bin immer für's Noble gewesen . . Du Liese, er wird Dich doch heirathen?

Luise (zuckt die Achseln, senkt den Kopf).

Hedwig. Nein, was aus meiner Liese geworden is! Das sollt' Dein Vater wissen!

Luise. Ach!

Hedwig. Der hat nu auch seine im Haus. 's richtige Unglück! Was sagste nu eigentlich dazu? Ich war grad' zu Haus, wie die Hochzeit war.

Luise (neugierig). Hast Du sie geseh'n? Wie sieht sie aus?

Hedwig. Die! So'n langes Laster! Deinem Alten wird's auch noch leid thun. Armes Lieschen! . . Na, Du hast ja nu Deinen. Siehste wie de biste! Was ich Dir immer gesagt hab'! Wie sie immer unschuldig gethan hat! Na, ich sag schon!

Luise. Bist Du noch auf Deiner alten Stelle . . in der Conditorei?

Hedwig. Na, ich werd' mir! So dumm! Was hat man davon! 'n ganzen Tag laufen und hinterher sein! Bis in die Nacht . . Ne, ich geh' jetzt als Confectioneuse. Ich sag' Dir, der alte Jud' hat sich um mich gerissen! Das is 'ne ganz anb're Nummer! Das bischen Mäntelprobiren! Unb nebenbei . . Hab' ich nich 'ne feine Figur? Na, was meinste woll?

Luise (zuckt schweigend die Achseln).

Hedwig. Weeßte, ich steh Modell . . bei die Bildhauer. Rasend Geld verdient man mit. Unb 's Vergnügen hat man gratis . . Verrückte Bande is das!

Luise. Du, wirklich?!

Hedwig. Na, thu' man nich so! Brauchst nich so groß= kotzig zu thun! Du bild'st Dir wohl Wunder was ein . . Weil Du nu Deinen hast. Du bist auch noch nich durch. 's dicke End' kommt nach.

Luise. Du brauchst nicht so grob sein! Ich hab' Dir noch nichts gethan.

Hedwig (ruhiger). Na ja, Du thust immer so. Du hast schon immer so gethan. Schon auf de Schule hat so groß= schnäuzig gethan! 'n Menschen besuchen kommt se auch nie . 'ne alte Freundin! Ich bin Dir woll nich gut genug? Na weeßte!

Luise. Du kannst mich ganz in Ruh' lassen. Ich denk', Du kannst nich sagen, wie ich zu Dir gewesen bin.

Hedwig (besänftigt). Na ja, man red't doch mal 'n Wort! Alles, was Recht is! Ich will nichts gegen Dich sagen, Liese. Na, paß auf, vielleicht kommt's noch mal vom ver= kehrten End'. . . . Mir kann's jar nich schlecht geh'n! Unkraut verdirbt nich! Wenn ich mal kein Geld im Portemonnaie hab'. . Einen schmeckert's auch mal nach 'n ordentlichen Abendbrot . . So'n Cotelette mit Spargel! Weeßte, das eß ich so gerne . . Na, rath' mal, was denn jemacht wird.

Luise (zuckt schweigend die Achseln).

Hedwig. Na, wir wissen doch, wo Neumann 's Bier holt! Uns kann doch keener! Denn wird auf de Friedrichstraße gegangen, so'n bischen langsamen Schritt . . Wutsch! Is auch schon so'n oller Krauter hinterher! Wie der schwitzt! Hoa! Der zieht doch de Spendirhosen an. Wenn er denn ganz verrückt is, un meint nu geht's mit ihm nach Haus un schon immer so jankert . . Ja, da kennste Hedwigen schlecht! Hast 'm nich geseh'n, wenn er auf de Toilette is, Hut und Schirm un raus! Ne, so was giebt's nich. Dafür haben wir doch unser festes Verhältniß . .

Luise (entrüstet). Weißt Du, Du bist so gemein, Hedwig!

Hedwig (aufgebracht). Pä! Und was bist Du?! Du bist wohl viel was besseres! Zimperliese! Unsereener brauch sich von Niemand aushalten lassen . .

Luise. Na, weißt Du Hedwig, mit mir hast Du's verdorben. Solche gemeinen Redensarten! Pfui!

Hedwig. Das is jar nich mal erlaubt . . Weißt Du jetzt! Das is gegen de Polizei! Paß man uff, wie se Dir noch kriegen werden . . Das is jar nich erlaubt mit 'n Mann zusammenleben . . Paß man uff, wie se Dir holen werden . . Mit 'n grünen Wagen!

Luise (in krampfhafter Empörung). Hedwig!! (Schlägt die Hände vor's Gesicht und schluchzt verzweifelt auf.)

Hedwig. Siehste, Du brauchst nich so großkotzig zu thun! Unsereiner brauch keine Angst haben vor der Polizei . .

Luise (schluchzt krampfhaft).

Hedwig (milder). Na, laß man gut sein, Liese. Meinswegen kannste mit Deinem machen, was Du willst. Ich werd's nich auf's Revier bringen. Aber ich sag' blos. (Man hört draußen die Corridorthür schließen. Im Zimmer ist es fast dunkel geworden.)

Luise horcht auf).

Hedwig. Da kommt Deiner wohl schon. Na, sei man ruhig, Lieschen! (Sucht zu trösten.)

Luise. Geh', sag' ich Dir! Sonst sag' ich's Ernst! (Stößt sie zurück.)

Hedwig (resignirt). Na ja, is schon gut . . ich geh' schon. Sei man still!

Winter (tritt ein, schnell). Binder nicht hier gewesen?

Luise (schüttelt den Kopf, ohne zu antworten).

Hedwig (schickt sich zum Gehen an).

Winter (der in der Dunkelheit nicht recht sehen kann). Du, Kind, bist Du hier? is ja so dunkel hier. (Stößt auf Hedwig). Ach Sie, Fräulein Hedwig!

Hedwig. Ja ich bin's, mein Herr. Ich will grad' . . Lieschen sitzt da am Tisch. Ihr is nich recht . . Ich hab' sie schon 'n bischen unterhalten.

Winter (erschrocken). Ja, was is denn?

Hedwig. Ach, sie is nur 'n bischen .. Aber jetzt muß ich doch .. Adieu Lieschen! Ich empfehle mich, mein Herr! (Schnell ab.)

Winter (gleichzeitig). Habe die Ehre, Fräulein. (Bei Luise.) Kind, was is Dir? Hast Du was gehabt?

Luise (schluchzt auf).

Winter. Herr Gott, was hast Du?! Was hat die denn gewollt?

Luise (umfaßt ihn leidenschaftlich und drückt ihn an sich). M e i n Ernst! M e i n Ernst!!

Winter (weich). Mein liebes Kind! (Erwiedert ihren Druck.) Kind, Du mußt nich weinen. Ich bin ja bei Dir.

Luise (leidenschaftlich). Ernst! Mein einziger Ernst!

Winter (streichelt ihre Backen). So Kind, nu beruhige Dich nur! Die Sache is vermuthlich gar nicht so schlimm. (Leichter.) Immer hübsch kalt Blut und warm angezogen. Was meinst Du, nich wahr?

Luise (schweigt, noch manchmal aufschluchzend).

Winter. Na, mein kleiner Engel! Na, erzähl' Deinem großen Bengel!

Luise (unter Thränen mit leichtem Vorwurf). Ja .. Du!

Winter (gerührt). So, nu lacht sie doch wenigstens schon wieder. Und die ganzen Augen voll Thränen! (Drückt sie an sich.) Liebste!

(Beide lehnen sich aneinander. Draußen ist der Mond aufgegangen. Vereinzelte Mondstrahlen fallen bereits auf die Grabgitter und Grabreste gegenüber. Im Zimmer wird es wieder etwas heller.)

Luise (gefaßter). Ach, sind das schlechte Menschen! Sind das s c h l e ch t e Menschen!

Winter. Also schlechte Menschen .. Ja, ja .. Was hat sie denn nu gesagt, das Fräulein Hedwig? 's war doch jedenfalls mit der was. Was w o l l t e sie überhaupt hier?

Luise (achselzuckend). Weiß ich? Ich weiß gar nicht, wie sie das erfahren hat. Ach, man is doch nirgendwo sicher!

Winter. Ja, hol's der Teufel .. In diesem großen Berlin! So'n olles Klatschnest! Man wird wirklich nächstens irgendwo in die Haide geh'n müssen .. 20 Meilen ringsum kein Mensch! Ah! Das wär großartig! .. Na, also ..

Luise. Ach, sie hat mich so schlecht gemacht! So schlecht!

53

Winter (erstaunt). Schlecht gemacht?! Hedwig Dich schlecht gemacht? Na, das is doch wirklich .. Warum denn? Warum hast Du sie nicht ordentlich abgefertigt? Du bist doch sonst nicht so ..

Luise. Ach, die hat ja solche gemeinen Redensarten! Wie 'n ganz gemeines Frauenzimmer hat sie mich behandelt!

Winter (aufgebracht). Hedwig Dich! (Muß unwillkürlich auflachen). Na, das is ja allerdings .. Wenn Fräulein Hedwig anfängt, Moral zu predigen ..

Luise (zärtlich). Ich bin doch wirklich nicht so schlecht, Ernst, was?

Winter. Ach, reb' doch nich solchen Unsinn, Kind!

Luise (mit komischem Eigensinn). Nein, Du mußt mir das sagen. Sonst glaub' ich's Dir nicht ..

Winter. Ach, Du Närrchen Du! Nein, also, Du bist wirklich nich so schlecht! (Muß lachen.)

Luise (komisch vorwurfsvoll). Ja! .. (Schwerer.) Ich hab' Dich viel zu gern .. Sonst könnt' ich das wirklich nicht Alles ertragen.

Winter (nervös). Noch was?! Na, was denn noch?! (Aufgeregt.) Ach Gott! Ach Gott!

Luise (in plötzlicher Verzweiflung). Wenn ich zur Polizei muß .. Ich spring ins Wasser ..!! (Schluchzt.)

Winter (erschrecken). Aber Kind, was heißt denn das? Polizei?! (In plötzlicher Wuth.) Was hat denn das niederträchtige Frauenzimmer ..!

Luise. Ich laß mich nicht zur Polizei bringen! (Schauert zusammen.) Hoach! .. Schrecklich!!

Winter (in wilder Wuth im Zimmer auf und ab). Diese Niedertracht! Diese .. Herrgott! Herrgott! (Stößt an einen Stuhl, stößt ihn wild zur Seite.) Ach, man könnte gleich ..

Luise (leise, beschämt). Ich hab' das wirklich nicht gewußt, Ernst ..

Winter (vor Wuth beinah weinend). Horrjeh! .. Horrjeh! .. Horrjeh! .. Diese Gemeinheit! Diese .. Und das glaubt sie auch noch! Kind!! Bist Du denn ganz von Sinnen?! Deswegen?! (Ballt die Fäuste.)

Luise (zaghaft). Ja, ich weiß das doch nicht Ernst ..

Winter. Aber Kind! Is ja alles erstunken und erlogen! Is ja kein Wort wahr! .. Ja, allerdings, ein=

mischen kann sich ja die Polizei .. Dafür sind wir ja in unserm lieben Deutschland. Aber d a s doch nicht! D a s doch nicht! .. Nein! .. Horrjeh! Horrjeh!

Luise (steht auf, geht zu Winter an den Sophatisch. Sich an ihn schmiegend). Wenn Du bei mir bist, hab' ich keine Angst ..

Winter (mit starker Stimme). Nein, Kind, das b r a u ch s t Du auch nicht! Soviel kann man sich s ch o n auf sich ver= lassen! .. Wenn's h i e r nicht geht, dann geht's a n d e r s w o! Das wollen wir doch mal s e h 'n! .. Meine kleine Taube, Du! Ach, wie sie zittert! .. M e i n Liebchen! (Zärtliche Umarmung.)

Luise (an seiner Brust) Ach, Du bist so gut! .. Mein l i e b e r Ernst!

Winter (ruhiger). Na Kind, hat sich das Kind nu wieder 'n bischen erholt? Von d e m Schreck!

Luise. Du hast Dich auch erschrocken. Ich hab' das ganz gut gemerkt .. Red' man nich!

Winter. Na, da soll man nicht ..! Uebrigens war ich g a r nicht aufgeregt .. Die ganze Sache war ja Unsinn.

Luise. Ja, ja, mein Alterchen .. Komm her, und ruh' Dich 'n Bischen aus von Deinem Schreck!

Winter. Ja .. Ja .. (Legt den Kopf an ihre Brust. Luise hält ihn umschlossen.)
Schweigen.

Winter (plötzlich). Kind, ich möcht' Dich was fragen.

Luise. Na frag, Schäfchen!

Winter. Thut's Dir leid, Kind, daß Du .. daß Du jetzt bei mir bist?

Luise (schüttelt den Kopf mit vollem Augenaufschlag). Du!

Winter. Hat's Dir auch nie leid g e t h a n?

Luise. Ach, sei nicht so neugierig!

Winter (dringender). Hörst Du, Kind?!

Luise (offen). Na ja, Du .. 'n Augenblick is mir so gewesen. Du mußt aber nicht böse sein. Ich hatt' nicht so an Alles gedacht. Von Anfang an .. Aber ..

Winter. Aber?

Luise. Mir is jetzt alles gleich .. Was kommt! Ich hab ja nichts zu verlieren, wie Dich ..
Schweigen. Es schellt draußen.

Winter. Ah, das wird Binder sein. Du Kind, zünd' doch die Lampe an! (Geht auf den Korridor hinaus.)

55

Luise (zündet die Lampe an, man hört draußen Stimmen).

Binder (tritt ein, nachdem er Hut und Mantel draußen abgelegt hat). Guten Abend, Fräulein Luise!

Luise (etwas schüchtern). Guten Abend, Herr Binder! (Reicht ihm die Hand).

Winter (ist hinter Binder eingetreten). So, Mann, setz' Dich! Mach' Dir's bequem! Na Kind, wie steht's mit'm Abendbrot? Binder wird schon 'n Bärenhunger haben.

Binder (vergnügt). Glauben Sie ihm das nicht, Fräulein Luise! Er lügt! .. Nun, wie geht's Ihnen sonst? Wie is Ihnen das neulich bekommen? .. Was, Sie wollen schon wieder fort?

Luise (setzt sich den Hut auf). Ja, ich muß schon, sonst bekomm' ich Schelte von meinem Tyrannen. Seh'n Sie, wie er da schon steht?

Binder (eilfertig zuspringend). Darf ich Ihnen nicht behülflich sein? (Hilft ihr ins Jaquet).

Luise (leicht verlegen). O, ich danke Ihnen sehr, Herr Binder .. Ich danke! (Zu Ernst.) Also, ich bin im Augenblick wieder zurück ..

Binder. Wir sollten Ihnen wirklich die Mühe abnehmen, Fräulein Luise.

Luise (abwehrend). Ach, das bischen Einholen! .. Und das versteh' ich auch besser, wie Sie.

Binder (zu Winter). Du bist auch gar nich 'n bischen galant .. Schrecklicher Mensch!

Luise. Ja, der! (Nickt Binder zu, wirft Winter einen komischen Blick zu. Ab).

Winter (wirft ihr eine Kußhand nach).
(Momentanes Schweigen).

Winter (zu Binder). Na, setz' Dich, Mann! (Setzt sich in einen der beiden Sessel am Sopha.)

Binder (sich in den andern Sessel setzend). Deine Wohnung is wirklich famos. Gefällt mir von Tag zu Tag besser, man merkt doch überall Luisens Hand.

Winter (in sich versunken, einsilbig). Na, siehst Du ..
(Schweigen.)

Binder. Warum kamst Du mich nicht abholen?

Winter. Ja entschuldige, Mann! Ich hatt' mich 'n bischen verspätet. Ich war da, aber Du warst schon weg.

Binder. Ich wollt' schon beinah' nich kommen.

Winter. Ach, Du bist ja .. Warum denn nicht? Ich hatt' Dich doch eingeladen.

Binder. Du kamst nicht .. Man kann ja nicht wissen ..

Winter. Ach, was sind das für Umstände! Früher war das was Andres. Aber jetzt, wo Du Luise kennst ..

(Schweigen).

Binder. Du bist ja heut so .. Is was passirt?

Winter (verstimmt). Ae —!

Binder. Du bist auch nie zufrieden. Jetzt könnt'st Du doch wahrhaftig zufrieden sein.

Winter. Ja, das sagst Du so .. Verdammte Gesellschaft das!

Binder. Was is denn los? Is was gescheh'n?

Winter. Paß auf, wir werden noch viel Scherereien haben .. Jetzt hofft man so recht aufzuleben .. So recht lebensfreudig. Jetzt kommt das! Ae! (Stützt den Kopf in die Hand.)

Binder. Wieso? Was is nu eigentlich passirt?

Winter. Ach .. Alle diese moralischen Seelen! Die's wahrhaftig nich nöthig haben .. Da war vorher so 'ne Freundin hier .. So 'ne sogenannte .. Von Luise. 'ne alte Landsmännin. Was die ihr den Kopf heiß gemacht hat! Mit allerlei Redensarten, und schließlich .. 's is wirklich zum Kugeln, wenn man sich das so recht überlegt! Und dabei is die Sache bitterer Ernst. Das wird natürlich nich das Einz'ge bleiben .. Wenn einen die Leute doch blos ungeschoren lassen wollten!

(Kurzes Schweigen).

Binder. Warum heirathst Du Luise nicht?

Winter. Weil ich nicht will .. einfach. Du mußt das doch wissen, dächt' ich.

Binder. Ja, aber ich glaub's Dir nicht. Ich glaub' nich, daß Du das durchführen kannst.

Winter (erregt). So? meinst Du? .. Na, wir werden ja seh'n! Qui vivra verra ..

Binder. Schon Luisens wegen nicht ..

Winter (hartnäckig). Na, wir werden ja sehn! Jedenfalls sag' ich Dir .. Wie's auch kommt, die Zwangsehe wird mich nie kriegen ..

Binder. Nie? ..

Winter. Nie! .. Nie, sag' ich Dir! Uebrigens, daß 'n Mensch wie Du, der doch wahrhaftig .. Ich dächte, Du bist doch auch nicht mehr so grün im Leben. Daß Du noch solche Vorurtheile .. Und da wundert man sich noch über And're!

Binder (heftig). Ich habe keine Vorurtheile, wenigstens hierin nicht. Ich verstehe Euer Verhältniß sehr wohl. Ich bin wahrhaftig derjenige, der das Andern gegenüber vertheidigt hat.

Winter (herzlicher). Na ja, eben darum .. dafür bin ich Dir dankbar. Um so mehr muß ich mich wundern ..

Binder Nein, grade darum! So lang ging's ja nicht .. Aber jetzt! Es is ja nich um der Moral willen .. Nein, ganz einfach .. Du siehst ja, einfach wegen der Menschen.

Winter. Auch 'n Standpunkt! (Geht mit großen Schritten im Zimmer auf und ab, dann und wann stehen bleibend. Plötzlich). Nein, Mann, thu mir den Gefallen! Wenn wir Fremde bleiben sollen .. Hierin keine Einwände! Keine Wenn und Aber! In allem Andern .. Na. Aber grade hierin .. Hierin! Grade weil ich weiß .. weiß! .. Nicht blos eingebildet, sondern aus eigenster Erfahrung .. Aus meinen eigensten Erlebnissen. Ich hab' Luise von vornherein gesagt, daß ich sie nicht heirathen will .. daß ich überhaupt nicht heirathen will .. Es war vollständiger freier Wille.

Binder Aber grade darum ..

Winter. Was?

Binder. Grade darum .. darum könntet Ihr Euch heirathen.

Winter. Das is mir zu hoch. Das versteh' ich nicht.

Binder. Ich meine, grade weil Ihr .. wie soll ich sagen, weil Ihr auf 'm höhern Standpunkt steht .. Na, das würde dann eben eine wirkliche echte Ehe geben. Grade darum solltet Ihr heirathen.

Winter (aufgebracht). Immer wieder das Alte! Wie oft soll ich Dir sagen! Ich hasse diese Zwangsehen .. Ja, allerdings, ich hasse sie gradezu! Jeder nach seinen Erfahrungen! Meine haben mich nu mal auf den Weg gebracht. Von frühster Jugend schon. Und nu soll ich nach all' dem .. 's wirklich zu lächerlich!

Binder (trübe). Bei Alledem bedaure ich nur Luise.

Winter (scharf). Dazu ist gar keine Veranlassung, mein Theurer. (Schweigen.)

58

Winter (geht haftig auf und ab, bleibt plötzlich vor Binder steh'n. Ruhiger). Na, sag' mal selbst, Mensch! Du bist doch auch 'n moderner Mensch. Sag' selbst, würdest Du heirathen? Aber ganz aufrichtig!

Binder (mit sonderbarem Lächeln). Ja, gewiß würde ich heirathen.

Winter (schnell). Ich mein' natürlich nicht auf die Liebe verzichten .. auf's Weib. Aber heirathen .. heirathen! Auf's Standesamt geh'n oder vor'n Altar .. das is ja dasselbe.

Binder. Ja, allerdings würd' ich das ..

Winter. Ich begreif' das nicht. Ein moderner Mensch! ..

Binder. Ja, ich würde allerdings heirathen .. Auf's Standesamt geh'n und vielleicht sogar vor'n Altar. Aber ich werde nicht heirathen.

Winter (auf= und abgehend, zerstreut). Hm ..

Binder. Ja, Du wirst ja seh'n.

Winter (auf= und abgehend, bleibt plötzlich vor Binder stehen). Ich kann einfach nicht für mich garantiren. Ich kann mich nicht binden. Ich weiß nicht, wie ich nach zehn Jahren denken werde .. Nicht mal nach 'm Jahr!

(Schweigen.)

Binder. Du, Ernst, ich hab' Dir was mitgebracht. Willst 's mal seh'n?

Winter (aufschreckend). Ja, natürlich, Mann. Was is es denn?

Binder (geht auf den Corridor, trifft dort Luise, die eben zurückgekommen ist. Man hört ihre Stimmen).

Luise (eintretend, Packetchen in der Hand). Ach, das hat lang' gedauert, ja, Ernst? Ach, da war so'n Andrang.

Binder (hinter ihr, kleine aus Plastilin modellirte Figur in der Hand, verlegen lächelnd, stellt die Figur auf den Tisch vor Winter). Da! Nu lach' aber nicht.

Luise (im Ablegen begriffen, bewundernd). Ach, is das aber .. Nein, Herr Binder, is das schön! So natürlich .. So .. Ich weiß nicht.

Winter. Donnerwetter, der is fein! Natürlich Arbeiter, was?

Binder (mit hochrothem Gesicht dabeistehend). Ja, Du siehst ja. 'n bischen herausfordernd .. Die Stellung. Aber ..

Winter. Du, das is gut. Das paßt. So ford're ich mein Jahrhundert in die Schranken .. Koloſſal naturaliſtiſch! (Gratulire! Aber wirklich von Herzen! (Schüttelt ihm die Hand.)

Binder. Gefällt's Dir? Na, das freut mich. Is ja noch manches d'ran auszuführen. Aber ſo im Großen .. Alſo Du meinſt, ich hab ..

Winter. Ja, unbedingt! Ich kann Dir wirklich gratuliren.

Binder. Und Ihnen, Fräulein Luiſe?

Luiſe (noch immer davor, etwas verlegen). Ach, Herr Binder, ich .. (Sieht ihn mit einem verlegen bewundernden Blick an).

Binder (erröthend). Alſo es gefällt Ihnen, Fräulein Luiſe?

Luiſe (ebenfalls leicht erröthend). Ja, Herr Binder, ſehr! (Schütteln ſich herzlich die Hände.)

Binder (tief aufathmend). Das giebt einem wieder Muth auf lange ..

Winter. Alſo das war das Moderne? Das Stück ſociale Frage ..

Binder (nickt).

Winter. Modern is es wirklich .. das läßt ſich nicht anders ſagen.

Binder (ſeufzend). Ja, man wird ſchon modern. Das lernt man.

Luiſe (iſt ab- und zugegangen, kommt jetzt mit einem Tiſchtuch zum Sophatiſch).

Winter (vergnügt). Ah, 's Kind will decken .. (Klopft ſich auf den Bauch.) Thut mir ſehr wohl, der Gedanke! Na, Mann, woll'n wir das vielleicht 'n bischen weg ..?

Binder (aufſchreckend). Ja, natürlich .. Entſchuld'ge! (Will die Figur wegtragen.)

Luiſe. Ach, Ernſt .. Kann die Figur nicht noch hier bleiben? Bitte, Herr Binder, vielleicht da hin ..

Winter. Ja, ich ſeh' auch nich ein .. Setz' doch da hin!

Binder (hochroth). Ja, wenn's Ihnen .. (Setzt die Figur auf ein kleines Nebentiſchchen.)

Luiſe (deckt den Tiſch, während Winter die Lampe hält).

Winter (neckend). Du, Kind, aber immer hübsch ordent=
lich! 's Tischtuch is nich ganz grade.

Luise (zieht es zurecht, leicht geärgert). Ach Du! Du meinst
wohl, ich seh' das nicht?

Binder (sieht lächelnd zu). Ja, Fräulein Luise, Sie haben
schon ihren Aerger . .

Luise. Hab' ich auch mit dem Menschen. (Bringt Teller.)

Winter (sieht grinsend zu). Nichts vergessen, mein Kind!
Nichts vergessen!

Luise (hat die Teller hingestellt). Raus mit Dir! Du hast
hier nichts zu suchen . . So lange . . (Sucht ihn in's Nebenzimmer
zu schieben.)

Winter (läßt sich schieben, schon halb im Nebenzimmer). Nu seh'
blos einer! Na, und Binder nich?

Binder. Da werd' ich doch wohl auch . . Is sehr
Unrecht von Ihnen, Fräulein Luise. (Verschwindet in's Nebenzimmer.)

Luise (nachrufend). Wenn's so weit is, ruf ich. Eh'r
darf keiner kommen.

Winter steckt den Kopf wieder hinein, grinsend). Wie meinst Du?

Luise (auf ihn zu. Willst Du wohl gleich . .

Winter (verschwindet wieder).

Luise (ordnet den Tisch an, summt während des Ab= und Zugehens
erst leise, dann lauter).

Einst im Januar! Einst im Januar!*)
Als wir Beide uns zuerst gesehen . .
Wie's doch seltsam war! Wie's doch seltsam war!
(Verstummt nachdenklich.)

Winter (steckt wieder den Kopf hinein).
In der Märzenzeit! In der Märzenzeit! . .
(Verschwindet wieder.)

Luise (sieht sich um, lächelt, summt leise).
In der Märzenzeit! In der Märzenzeit!
(Bricht plötzlich ab, betrachtet noch einmal den Tisch, dann zum Nebenzimmer.)
Fertig! Bitte schön!

Binder (tritt ein, kommt zum Tisch). Ah, Fräulein Luise!
Das haben Sie so hübsch angeordnet . .

Luise (sieht ihn dankbar an, senkt den Kopf).

Winter (kommt durch die große Eingangsthür vom Korridor her,

---

*) Komposition von Max Marschalk.

61

Weinflasche, Gläser, Veilchensträußchen in der Hand, wichtig). Na, was sagst Du jetzt?

Luise (erstaunt). Du, wo hast Du das alles her? Sieh mal an!

Winter. Alles im Corridor gewachsen! Ja, Du kennst die Eigenschaften dieses Corridors noch nicht. (Setzt Flasche und Gläser auf den Tisch.) Soll ich's Dir nicht anstecken, Kind?

Luise. Meinst Du nicht .. Wollen wir's nicht lieber auf den Tisch setzen .. Solang'? Nachher kann ich's ja ..

Binder. Fräulein Luise is uneigennützig. Wir Andern sollen auch was davon haben.

Winter (giebt ihr die Veilchen.) So, Kinder, nu wollen wir uns aber mal setzen. Bitt' schön, Franz, nimm Platz! Da, wenn ich bitten darf! (Setzt sich in den Sessel.)

Binder (im andern Sessel.) Ach, das is schön mollig.

Luise (auf dem Sopha). Bitte sehr, Herr Binder, wollen Sie sich nicht bedienen? Ich bitte sehr ..

Winter. Kinder, nu greift jeder zu und nimmt, was ihm beliebt. Genöthigt wird nicht. Als moderne Menschen, die wir sind. Also Zunge gefällig? (Sich besinnend, beruhigt). Ach so, genöthigt wird ja nicht.

(Während des Folgenden wird gegessen.)

Winter (dazwischen die Schüsseln betrachtend). Was haben wir denn da für feine Sachen? Sieh, sieh! Kind, Du verräthst Geschmack. Caviar is ganz vortrefflich. Hm, na die Sache is ja nicht Lukullisch, aber ich muß sagen .. Angesichts der socialen Frage .. (Wendet sich zum Nebentisch). Was sagt denn der dazu?

Binder (kauend). Du, ich eff', stör' mich nicht!

Winter. 'n finsteres Gesicht macht er Na, hol's der Teufel! Laßt uns essen und trinken, denn morgen sind wir todt .. (Wieder zum Nebentisch). Ja Du! Wenn Du so könnt'st! Ja, ja, man sieht ordentlich, wie er mit den Zähnen knirscht.

Binder. Du machst einen ja ordentlich stolz. Wenn Du schon Deinen Lachs drüber vergißt .. Du thust dem Mann ja viel Ehre an.

Winter. Verdient er auch. Hoho! Hochachtung vor dem Mann! Das is der Mann des 20sten Jahrhunderts!

Der is viel moderner, als wir alle zusammen .. Siehst Du nicht, wie dem das 20 ste Jahrhundert aus dem Gesicht kuckt?! So was Versteinerndes! So was .. Ae! Reich mir doch mal den Schinken.

Luise (reicht ihm den Schinken, mit vollem Blick zu ihm).

Winter (streicht ihr zärtlich die Backen. Na, Kind, Du ißt ja gar nichts .. Das Kind verhungert mir noch.

Luise. Ach gewiß, Ernst, eß ich. Denk' Du nur gar nicht an mich!

Binder. Fräulein Luise denkt auch an den Mann da gegenüber.

Luise (senkt verlegen den Kopf).

Winter. Kinder, eßt! eßt! Laßt's Euch schmecken! .. Hol's der Teufel! (Summt.) Unsere Väter sind gesessen vor den vollen Humpen hier. Unsere Väter sind vergessen und vergessen werden wir .. Donnerwetter, da fehlen ja aber noch die vollen Humpen. Kind, Du denkst auch an gar nichts. (Sucht nach seinem Pfropfenzieher.)

Luise (gekränkt.) Ach, Du bist auch .. Weiß ich denn? Du brauchst ja blos sagen ..

Winter (scherzhaft hartnäckig). Nein, nein, Du denkst an gar nichts ..

Binder. Fräulein Luise opfert sich auf.

Winter (fortfahrend). Genöthigt hat sie auch nicht .. (Dreht langsam den Pfropfenzieher in den Korken.)

Luise (schüttelt den Kopf und sieht ihn an).

Binder. Scheusal Du! Erst verbittet er sich das Nöthigen und dann .. Grober Mensch! Ich glaub', Fräulein Luise, er thut blos so.

Luise (gekränkt). Ach, der!

Binder. Ich glaub', er thut blos so. Er will nicht zeigen, wie er unterm Pantoffel steht.

Luise. Ach nein, Herr Binder, Ernst steht nicht unterm Pantoffel.

Binder. Na, na, so'n bischen ..

Luise (schüttelt ernsthaft den Kopf). Ich möcht' auch nich mal, daß er unterm Pantoffel steht.

Winter (hat nachdenklich den eingedrehten Pfropfenzieher betrachtet, zieht den Pfropfen mit plötzlichem Ruck raus.) Bam! (Nachdenklich) Ja, so geht das. Man möchte gern modern sein und fällt doch immer wieder zurück . . (Leichter.) Na, bitte sehr! Bitte die Gläser! (Gießt ein, momentanes Schweigen.)

Winter (erhebt sich, Glas in der Hand). Na prost, meine Herrschaften! Prost! Und Ehrerbietung bitt' ich! Hut ab, wenn ich bitten darf! Unter uns weilt ein hoher Gast. Das 20. Jahrhundert weilt unter uns. (Zum Nebentisch.) Prost Alter! Nicht so bärbeißig? Deine Zeit kommt auch noch. Verschlucken thust uns noch mal Alle! . . Vorerst aber verschlucken w i r mal diesen Wein . . Und ich denk', er soll uns gut schmecken! Prost, meine Herrschaften, prost! Es lebe das 20. Jahrhundert. (Sie stoßen an und trinken.)

Binder. Prost! 'n bischen frühzeitig . . Na . .

Winter. F r ü h z e i t i g? Man kann nicht frühzeitig genug hineinkommen!

Schweigen.

Binder. Sie sind wohl auch schon so 'ne halbe Social= demokratine, Fräulein Luise?

Winter. Halbe? Schon beinah' 'ne ganze!

Luise. Wenn einer immer unter fremden Menschen lebt . . Man macht doch viel durch. Da kann man schon so werden. Das is kein Wunder.

Binder. Ja, das is kein Wunder. Ich kenn' das . . Wenn man abhängig is.

Luise. Ja, man muß sich v i e l gefallen lassen.

Winter. Na, das sind vergangene Geschichten! Is gut, wenn man's mal kennen gelernt hat. Man weiß, wie's 'm Andern is und vergißt's nicht. Und im Uebrigen . . Na, ich kann wohl sagen, ich fühl' mich sehr wohl . . Augen= blicklich.

Binder. Wahrhaftig, ich auch! So glücklich hab' ich mich schon lang' nicht gefühlt. Wissen Sie, Fräulein Luise, das hab' ich mir schon Jahre lang gewünscht. So mit Ihnen beiden . . Is einem ordentlich zu Muth, als wenn man selbst . . Also, auf Ihr Wohl, Fräulein Luise! Und daß es so bleiben möge! Auf glückliche Zukunft! (Er erhebt sich mit seinem Glase.)

Luise (erhebt sich ebenfalls, sieht Binder dankend an, plötzlich). Ach, sieh blos, Ernst, der Mond! Der Mond im Erker!

64

Winter (ist sitzen geblieben, zerstreut). Der heilige Mond! (Erhebt sich.) Also auf glückliche Zukunft! (Plötzlich.) Nein, die haben wir ja schon leben lassen. Die is dunkel und wer weiß, was sie bringt! Die Zukunft ist dunkel und die Vergangenheit ist gewesen.. Na, dann bleibt blos noch die Gegenwart. Na, die haben wir jedenfalls.. Was meinst Du Kind? Die halten wir fest! (Zieht Luise zu sich und drückt sie an sich.)

Binder (lächelnd.) Also, Prost! Es lebe die Gegenwart

Winter (erhebt drohend einen Finger und weist auf den Neben=! tisch). Aber mit Vorbehalt..

Vorhang.

Dritter Aufzug.

Winters Wohnung: Erkerzimmer. Sonnenglänzender Apriltag. Die Bäume gegenüber in hellgrünem Laub. Offene Fenster. Vormittags. Wagenrollen auf dem Asphaltpflaster draußen. Ganz in der Ferne manchmal Pferdebahnläuten.

Winter (allein, sitzt am Schreibtisch im Erker, Feder in der Hand, schreibt ein paar Worte, stützt den Kopf auf, trommelt auf der Tischplatte, stöhnt). Ae! Hol's der Teufel! (Erhebt sich, geht ein paarmal durch's Zimmer, bleibt am Erkerfenster stehen, streckt zerstreut den Kopf hinaus, zieht ihn wieder hinein, dreht sich um, ruft nervös): Luise! Bist Du da?! Luise!

Luise (kommt aus dem Nebenzimmer. Was soll ich, Ernst?

Winter (unruhig, nervös, wie während der ganzen folgenden Unterhaltung). Aber Kind, was machst Du doch da?! Warum sitzt Du nicht hier? Was machst Du da im Nebenzimmer?

Luise. Ich wollt' Dich doch nicht stören, Ernst. Du sagst doch, Du magst nicht, wenn jemand dabei is, wenn Du arbeit'st . .

Winter. Ach, Unsinn! Wann hab' ich das gesagt? . . Und jedenfalls bezieht sich das nicht auf Dich . . Im Gegentheil.

Luise. Ich weiß ja nicht, wie's Dir recht ist. Gestern warst Du bös, weil ich drin war. Ich weiß ja nicht, was Du willst.

Winter (gequält). Ach Gott, Kind, Du bist auch so . . Ich weiß nicht, Andre . . Na. Du legst gleich Alles so auf die Wagschale. Warum sitzt Du nu nicht hier? Ach! (Senkt erschöpft den Kopf.)

Luise (sieht ihn rathlos an und schüttelt den Kopf. Ein Ausdruck von Verzweiflung und duldender Ergebung in ihrem Gesicht, der im Laufe des Gesprächs noch mehrfach wiederkehrt).

Winter (in sich versunken, zerstreut). Is die Sache denn so eilig? (Bittend.) Komm doch hierher, Kind, ja?

66

Luiſe. Lieber Ernſt .. Ich bin ja doch hier. Sei doch nicht ſo.

Winter. Ach Gott, Kind, laß mich! Laß mich! Dann geh nur und mach die Sache! Du ſitzſt ja doch ſchon wie ..

Luiſe. Ich bleib' ja gern hier, Ernſt, wenn Du willſt. Aber ich weiß doch nicht ..

Winter. Geh! .. Geh! .. Geh! .. Geh! Die Zeichnerei is Dir ja doch wicht'ger als ich.

Luiſe (erhebt ſich, geht zu Winter, der ſich gegen ein Erkerfenſter lehnt und legt ihm ſanft ihre Hand auf die Schulter, ſteht einen Augenblick unſchlüſſig neben ihm.)

Winter (in ſich zuſammengeſunken, erhebt den Kopf zu ihr, matt.) Ja, ja, Kind ..

Luiſe (in tiefer Theilnahme neben ihm, ſchwer). Ernſt ..

Winter (plötzlich). Is die Sache wirklich ſo eilig?

Luiſe (ſanft). Aber nein, Ernſt! Das hat auch noch bis morgen Zeit!

Winter. Sonſt .. Was is es denn eigentlich?

Luiſe. Du weißt ja, für's Geſchäft .. Die Zeichnung. Für Herrn Rathke. Ich kann das eben ſo gut morgen machen. Er ſagt, es hat nicht ſolche Eile.

Winter. Na alſo, warum ſitzt Du da nu nebenan. Und überhaupt .. Ach, das will mir gar nicht gefallen!

Luiſe. Ich wollt' Dich doch blos nicht ſtören, Ernſt ..

Winter (nervös, gequält). Ach, Du haſt gar keine Theilnahme!

Luiſe (verzweifelt.) Ich weiß ja doch nicht, Ernſt. Ich weiß wirklich nicht mehr ..

Winter. Ja, ja, Kind, Du weißt nicht! Du weißt nicht! .. Was weißt Du überhaupt?!

Luiſe. Wenn Du mich nicht ſiehſt, wirſt Du vielleicht ruhiger ſein, hab' ich gedacht ..

Winter (gerührt. Aber Kind! (Muß lachen.) Du biſt auch wirklich .. Nein! (ſtreichelt ſchälernd ihre Wange.) Du!

(Beide ſehen ſich voll in die Augen, Luiſe lehnt ſich leicht an ihn, Winter umfängt ſie. Schweigen.)

Winter. Meine Kleine! (Läßt Luiſe los und geht im Zimmer auf und ab, erſt langſamer, dann ſchneller.)

Luiſe (bleibt am Fenſter ſtehen).

Winter (auf und abgehend, athmet tief auf). Ah! Was das

für'n warmer, molliger Südwind is! Is doch Südwind? (Am Fenster.) Ja, der kommt von Süden! Vom Land Italia! Eigentlich 'n bischen mehr Südwest .. Nach dem Wetterhahn drüben. Spanien, Atlantischer Ocean .. Auch nicht übel! Was meinst Du, Kind?

Luise. Geh doch hin, Ernst!

Winter (lächelnd). Das sagst Du so ..

Schweigen.

Winter (nachdenklich). Ja, ja, man hat auch seine Wander-jahre gehabt! (Summt vor sich hin.) Lang' ist es her! Lang' ist es her! (Plötzlich.) Weißt Du Kind, das Lied erinnert mich immer an meine erste Liebe ..

Luise. Ja, Du hast mir mal erzählt.

Winter. Hab' ich? Ja, ja, lang' ist es her! Das is wirklich schon 'n ganzer Posten Zeit!

Luise. Das kannst Du wohl noch immer nicht ver-gessen ..

Winter. Wenigstens fällt's einem mal so ein .. Alle Jahr einmal. Darum brauchst Du nicht eifersüchtig sein. Das is nu auch schon 'ne reifere Jungfrau .. Damals war's Frühling .. Eigentlich noch nicht mal so weit wie jetzt .. Aber mir war so zu Muth .. Da lag das noch vor einem .. Das lag noch alles vor einem .. Wer einem das damals gesagt hätte! Man soll doch nie sagen, was 'ne Sache is. Daß ich noch mal hier landen würde .. Oder stranden .. Na, so 'ne Strandung kann man sich gefallen lassen. Was meinst Du, Schätzchen? Und schließlich .. Man is doch auch 'n ganzen Posten rumgekommen. Man hat doch manches mit-gebracht. O ja .. Es hätte ja mehr sein können .. Na, der Mensch is ja nie zufrieden. Davon kann man zehren .. Von seinen Erfahrungen. Hm! (Lacht laut auf.) Von seinen Erfahrungen! Die kann man nu hübsch verarbeiten .. In seinem Lehnstuhl. Als Großvater .. Was meinst Du Kind, als der Großvater die Großmutter nahm .. (Faßt Luise um und wirbelt sich mit ihr ein paarmal durchs Zimmer.)

Luise (sucht sich ihm zu entwinden, lachend). Du, was machst Du?! Ernst, bist Du ganz ..

Winter (sich und sie wie wild schwenkend). Hopps, mein Großmutterchen! Hopps! Mal 'n bischen verrückt sein.

Luise (entwindet sich ihm, lachend). Aus Dir soll man auch klug werden! Daß Du auch tanzen kannst, hab' ich gar nicht gewußt.

Winter (außer Athem.) Bitte sehr . . Bei Hagens . . hab ich . . manchmal getanzt.

Luise (halb für sich). Ja, bei Hagens!

Winter (sich langsam erholend). Früher! Jetzt sind das auch tempi passati. Siehst Du, was der Großvater alles kann! (Vor Luise stehend.) Noch 'n Tänzchen, was?!

Luise (ihm komisch abwehrend). Du bist 'n Mensch! Geh schon! Sonst kommst Du ganz aus Rand und Band!

Winter (sie humoristisch betrachtend). Wir sind 'n verrücktes Paar! (Streichelt ihre Wangen.) Ja, ja, mein altes Groß= mutterchen! So ganz Großvater sind wir doch noch nicht! Es steckt immer noch 'n bischen . . (Ballt die Fäuste und stampft auf, wie um sich seine Kraft zu beweisen. Plötzlich erschöpft in sich versinkend.) Der verdammte Frühling! Der macht einen ganz . . (Am Fenster.) Sieh blos, wie die Bäume alle schon grün sind! So früh im Jahr . .

Luise (neben ihm, zärtlich besorgt). Da wird mein Ernst diesmal auch früher rauskommen.

Winter (zerstreut). Meinst Du? (Plötzlich.) Ja, raus! Raus! (Streckt sich krampfhaft, steckt dann den Kopf aus dem Fenster.) Is das ein Vormittagsleben draußen! Sieh blos, Kind! . . Ach, das lieb' ich . .

Luise (hat ebenfalls aus dem Fenster gesehen). Ja, die vielen Wagen!

Winter (auf und abgehend, nachdenklich). Ich wundre mich . . In dieser Straße. Ich hab' das noch nie so bemerkt. Natür= lich Klingelbolle is auch dabei. Wie das auf dem Asphalt weg rollt! (Pfeift vor sich hin.) Ja, ich hab' das riesig gern. Hä! Es geht so ein Zug durch dies Vormittagsleben! So'n Zug! (Bleibt vor Luise stehen, weich). Mein gutes Kind!

Luise (senkt den Kopf). Mein Ernst!

Winter (sie betrachtend). Manchmal hast Du Aehnlichkeit mit Franziska Hagen.

Luise. So? Ich denk', die is hübscher.

Winter (belustigt). O, Du!

Luise (senkt den Kopf, mit leichtem Vorwurf). Ja!

Winter (auf und abgehend). Nein, Franziska weiß ich nicht grade . . Aber Alice Hagen is hübscher . . Die ist schön!

Luise (gepreßt). Nimm sie doch!

Winter (kalt secirend). Nimm sie doch, schön gesagt! Du weißt ja nicht, ob sie mich will!

Luise (schweigt).

Winter (vor ihr stehen bleibend, ärgerlich). Kind, was machst Du doch für'n Gesicht! Nein, nein, diese Duldermiene!

Luise (preßt die Zähne zusammen, eine dicke Thräne rollt ihr über die Backe. Sie wendet ihr Gesicht ab).

Winter (ihr Gesicht zu sich drehend, ärgerlich. Nu noch gar Thränen! (Wüthend.) Horrgott! . . Warum doch!?!

Luise (unwillig). Ich wein' ja nicht. Was willst Du blos!

Winter (auf und abgehend, schwermüthig). Kind, wo is Deine alte Fröhlichkeit geblieben?! Du singst mir auch gar nicht mehr. Immer läßt sie den Kopf hängen. Sing' doch was, Kind! Einst im Januar . . Das hör' ich so gern.

Luise (schüttelt trübe den Kopf). Ach!

Winter (melancholisch). Ja, ja, wo sind die Tage! Wo sind sie? . . Wo ist unsere Lebensfreudigkeit, Kind! Wo ist sie? (Tief herauf.) Ae!! (Wischt sich, auf und abgehend, verstohlen eine Thräne aus dem Auge, dann vor Luise mit plötzlichem Ausbruch.) Mein Mädchen! . . Mein liebes!! (Drückt sie an sich.)

Luise (schluchzt an seiner Brust einmal verhalten auf).

Winter (sehr weich). Thränen?! Wart' ich werd' sie Dir wegküssen! Du sollst nicht weinen! Es wird noch Alles gut. (Bemüht sich zärtlich um sie.)

Schweigen.

Winter (nervös). Warum weinst Du doch?! Was hab' ich Dir gethan, Kind?!

Luise (schweigt).

Winter (immer nervöser). Kind, was hab' ich Dir gethan?! Sag' doch!

Luise (schweigt).

Winter (in zitternder Erregung). Nu, sag' doch!! . . Nein! Alles! Alles!. . Blos nicht dieses Schweigen! (Packt sie krampfhaft am Arm.)

Luise (mit verzerrtem Gesicht). Ernst!! . . Nichts hast Du mir gethan! Nichts!!

Winter (verzweifelt). Ach Gott, bin ich ein unglücklicher Mensch!!

Luise (erschüttert). Aber Ernst! Lieber Ernst! Was fehlt Dir! Du hast mir nichts gethan .. Sei doch nicht so!

Winter (lehnt den Kopf an ihren Busen, athmet schwer).

Luise (bemüht sich in mütterlicher Angst um ihn). Mein guter Ernst, quäl' Dich nicht so! Komm, setz' Dich auf's Sopha, ja Ernst? Setz' Dich zu mir! Du bist so müd', mein Ernst! (Leitet ihn zum Sopha.)

Winter (läßt sich willig zum Sopha leiten). Ja, Kind, hast recht, ich bin müd' .. Weiß Gott, woher! (Setzt sich.)

Luise (setzt sich zu ihm). Mein Ernst! So, leg' den Kopf an! So! (Legt den Arm um seinen Kopf, der an ihrem Busen ruht.) So, jetzt ist Dir leichter .. Ja, Ernst?

Winter (lächelnd). Meine kleine Mutter!

Schweigen.

Winter (entwindet sich ihr sanft, lehnt sich ins Sopha zurück, ruhiger). Ach, ich sag' Dir Kind, das is ein Zustand! (Tief herauf.) Ae! Man hat zu nichts Lust. Man .. Die ganze Arbeiterei kommt einem so überflüssig vor .. So .. Als wenn die ganze Schreiberei so eigentlich gar keinen Zweck hätte! .. Ja, ja, überflüssig .. Das is es. Ueberflüssig! 's is doch blos der Schatten vom Leben! Man operirt blos mit Schatten .. Statt mit dem Leben!

Luise (nachdenklich). Ich glaub', Du mußt wieder Ab= wechs'lung haben. Du bist schon zu lang' hier. Reis' doch, Ernst! ..

Winter (freudig). Ja, ja, das is es! Du hast ganz recht, ich muß wirklich reisen! (Sich besinnend.) Was soll aber aus Dir so lang' werden? .. Und schließlich, das bloße Reisen ..

Luise (bestimmt). Ich bleib' hier.

Winter (freudig). Hm .. (Plötzlich enttäuscht). Du bleibst hier ..

Luise. Ja, ich bleib' hier.

Winter (unmuthig). Ja, ja .. (Rückt ein Stückchen von ihr weg.)

Luise (ängstlich). Was is Dir, Ernst?

Winter (nervös). Ach Gott, Kind, Du hast auch so gar keine Theilnahme! Du bist so gleichgültig!

Luise (schüttelt rathlos verzweifelt den Kopf, stöhnt tief auf).

Winter (weicher). Na ja, is doch wahr! Sie bleibt hier! Warum willst Du nu nicht mitkommen? Ich denk', Du wollt'st doch ganz gern von Berlin weg . .

Luise (einfach). Du mußt allein reisen, Ernst.

Winter (zweifelnd). Ich muß allein reisen? Hm . . (Freudig). Ja, Du hast Recht! Bei so was muß man frei sein. Ganz frei!

Luise. Ich wär' Dir blos zur Last. Ich bleib' schon hier.

Winter (heiter). Du! Wenn ich nu aber nicht wieder= komm', was machst Du dann? Das is 'ne gefährliche Sache, so allein reisen! . . Was machst Du dann? . . Garantiren kann man doch nicht.

Luise (senkt den Kopf und schweigt).

Winter. Du, Kind, sag' mal! . . Man kann doch drüber reden. In aller Freundschaft . . Du bist doch 'n ver= nünftiges Mädchen. Also . . Wenn ich nicht wiederkomme . . 's ist ja nicht anzunehmen, aber 's wär' doch denkbar. Würdest Du da eventuell heirathen? Später . . irgend 'n Andern . .

Luise (schüttelt den Kopf).

Winter (zweifelnd). Na, na, Du würdest nicht heirathen?

Luise (schüttelt nochmals den Kopf, so etwas von tiefsinnigem Nach= denken in ihrer Bewegung).

Winter (nachdenklich). Hm . .

Schweigen.

Winter (plötzlich). Is ja Unsinn . . Die ganze Reise= geschichte! Ich muß volles Leben haben! Womöglich mitten drinn! Weißt Du, so Mann gegen Mann! (Ballt die Fäuste.) Kampf! . . Beim Reisen wutscht man doch blos so über alles hin! . . Uebrigens Kampf kann man hier ebenso gut haben, wie anderswo. Vielleicht noch besser! . . Und wenn man dann müd' is . . Da hat man sein liebes Mädchen, die einem wieder Muth macht. Nicht wahr, Kindchen? (Umfaßt sie.)

Luise (erwidert seinen Druck).

Winter. Ja, ja, man kann ganz zufrieden sein mit seinem Loos.

Luise (mit zärtlichem Vorwurf). Ja, ich dächte auch.

Winter (plötzlich). Wenn man blos nicht so an die

72

Scholle gebunden wäre! .. An die Scholle! Ha!! (Faßt sich verzweifelt an die Stirn).

Luise (in verzweifeltem Unmuth). Weißt Du Ernst, Du bist schrecklich!

Winter (geschmeichelt lächelnd). Findest Du, Kind? Hm ..

Luise (hoffnungslos). Ja, wer mit Dir ..

Winter. Ja, ich bin ziemlich schwer zu behandeln. Ich glaub' nicht blos für Dich, sondern auch für Andere! Ich glaub', Fräulein Alice Hagen würde auch ihre Mühe haben, was meinst Du?

Luise (bitter). Die! ..

Winter. So? Meinst Du? Hm, mag sein. Jedenfalls würde sie mich nicht so oft ärgern, wie Du. Die Hauptstadt von Hinterindien würde sie jedenfalls wissen. Erinnerst Dich noch? Du bist auch manchmal zu dumm!

Luise (geärgert). Ach, noch lang' gut für Dich!

Winter. Na na?

Luise (komisch). Du verdienst so'n alten Drachen! Den wünsch ich Dir auch mal!

Winter (sieht sie an, ebenfalls komisch). Den hab' ich überhaupt schon! (Es schellt draußen.)

Winter. Was kommt denn da? Willst Du aufmachen Kind?

Luise. Vielleicht Frau Borchardt.

Winter. Ach ja, dieses Ekel! Was die Frau mir zuwider is!

Luise. Wen Du auch nicht leiden kannst! (Geht auf den Corridor. Man hört die Thür gehen und Stimmen. Währenddeß geht)

Winter (im Zimmer auf und ab, bleibt plötzlich vor einem kleinen Tischchen stehen, auf dem er ein dickleibiges Buch bemerkt, nimmt das Buch zur Hand, betrachtet es mit Zeichen des Erstaunens).

Lutz (tritt ein). Morgen!

Luise (hinter ihm). Herr Lutz. (Will sich wieder zurückziehen.)

Winter (gleichzeitig). Morgen, Mensch! (Reicht Lutz die Hand, zu Luise die eben verschwinden will) Du, Kind?! .. Einen Moment, Mensch! .. Du, Kind, sag' doch, wie is das Buch hier auf das Tischchen gekommen? Wer treibt denn hier kunstgeschichtliche Studien?

Luise (in der Thür, verlegen zögernd, dann). Ich hab' drin gelesen, Ernst.

Winter. Du? Kind .. Na, so was!

Luise (verschwindet, steckt dann den Kopf noch einmal zur Thür hinein). Sie haben doch nichts dagegen, Herr Winter? (Verschwindet wieder.)

Winter (ihr nachrufend). Ne, im Gegentheil! .. Du, entschuld'ge, Mann!

Lutz (hat am Bücher-Repositorium gestanden, wendet sich jetzt). Bitte stürz' Dich nicht in Unkosten! (Sich umsehend.) Na, bei Dir is ja noch immer so gemüthlich, wie neulich!

Winter. Wie neulich? Na, das is schon ziemlich lang her. Du läßt Dich ja gar nicht mehr seh'n. Setz' Dich, bitte! (Setzt sich in einen Sessel.)

Lutz (im andern Sessel). Du führst hier wohl das reine Phäakenleben?

Winter. Gott, wie man's nimmt. Aber Du hast Recht! Ich fühl' mich fast zu wohl. . Was treibst Du denn?

Lutz (achselzuckend). Danke! Man seicht noch immer journalistisch rum. Jede ehrliche Arbeit wär' mir lieber!

Winter (seufzend). Ja, das is richtig! Das kann ich Dir nachfühlen.

Lutz. Nächstens tauch' ich aber unter. Gründlich! bis über die Ohren! Und endgiltig . .

Winter (nachdenklich). Ja ja, untertauchen! Und am liebsten gar nicht wieder raufkommen!

Lutz. Mir auch recht! Anspruchsvoll bin ich nicht!

Winter (zerstreut). Also, Du schreibst? Journalist . . Hm . . (Plötzlich.) Ne, aber Mann, man sieht Dich wirklich gar nicht mehr. Nicht mal bei Hagens trifft man Dich.

Lutz. Weil wir vermuthlich zu verschiedener Zeit hingeh'n. Uebrigens trifft man mich nächstens überhaupt nicht mehr hier . .

Winter (zerstreut). Ueberhaupt nicht mehr? (Ihn anschauend.) Willst Du weg?

Lutz. Ja, ich habe die Absicht.

Winter. Wohin?

Lutz. Ich denk', gleich über's Wasser. Ich will mich einfach ausleben! Vielleicht treff' ich bei der Gelegenheit auch meinen Bruder. Der soll jetzt irgendwo in Südamerika rumschwimmen.

Winter. Feiner Gedanke!

Lutz. Wär' man gleich was Praktisches geworden, dann wär' diese Zerkrümelung nicht nothwendig gewesen. Diese Zerfaserung! Dies Rumtasten!

Winter (erhebt sich). Diese verdammte Bücherhockerei. (Streckt sich krampfhaft.) Diese E n g e hier! (Geht pfeifend auf und ab).
Schweigen.

Winter (am Fenster). D i e schlafen nu. Die schlafen schon lang. Und die Kinder spielen auf ihren Gräbern. Das is doch mindestens schon die vierte Generation!

Lutz. Denkst Du jetzt i m m e r hier zu bleiben?

Winter (auf und abgehend). Ja, wenn ich Dir d a r ü b e r Auskunft geben könnte! Ich weiß überhaupt nichts, was nu aus mir werden soll.

Lutz. Arbeit'st Du viel? Was machen Deine dichterischen Pläne? Machst Du n?ch immer in Lebensfreudigkeit?

Winter. Du bist ja ordentlich ironisch! Was die machen? Hinterm Ofen liegen sie, oder gehören wenigstens dahin! Eigentlich gehört man selbst dahin.

Lutz. Wer hinterm Ofen b l e i b t . .

Winter. B l e i b t! Ich bin a u c h nicht immer hinterm Ofen gewesen.

Lutz. Wir leiden Alle an Verfettung. Alle! Uns beide eingeschlossen. Hagen is auch so'n Mensch. Der könnte auch mal raus!

Winter (achselzuckend). Ja . . (Bleibt vor Lutz stehen.) Also weg? Es muß Dir doch s c h w e r werden, wegzugehen.

Lutz (schweigt).

Winter. Du wirst doch manches nicht so bald wiedersehn . . M a n c h e . . Lutz?

Lutz (schweigt).

Winter. Was meinst Du, wenn Alice so mitginge?

Lutz. Mit wem? Mit Dir?

Winter (sonderbar). Mit wem! Ich will ja überhaupt nicht weg. Du willst weg . .

Lutz. Predigst Du noch immer freie Liebe?

Winter. Ja, allerdings, Mann! Und mehr als je!
Schweigen.

Winter (plötzlich mit Leidenschaft). Ich sag' Dir, Mann, ich hab' einen Drang! Ich möchte die Welt umfassen! So zusammen drücken in einer Faust! Und vor Allem, dies moralische Deutschland! Heil käm's nicht wieder raus!

Lutz. Hoffentlich nimmst Du Deine nächsten Bekannten aus. Von der Quetschkur! Oder wartest, bis man außer Schußweite is. Außer Greifweite.

Winter (zerstreut lächelnd). Ja . . (Plötzlich.) Weiß der Teufel, von wem man diese Unruhe hat! Ich glaub', von meinem Vater . . Der Mann hat auch sein Lebtag nicht Ruhe gehabt.

Lutz. Und ist vermuthlich doch zu keiner ordentlichen Durchschüttlung gekommen.

Winter. Ja, eben, das is es! Eben, weil er zu keiner ordentlichen Durchschüttlung kam . . Du hast recht, Mann! Ich fühl mich zu wohl! Na, übermäßig wohl fühlt man sich ja auch nicht . . Aber es giebt Tausende, die sich noch weniger wohl fühlen.

Lutz (erhebt sich). Adieu!

Winter. Willst Du schon weg? Nanu? Bleib doch noch'n bischen!

Lutz. Ich muß auf die Redaktion. Kam blos mal mit vor, weil's in der Nähe war. Du entschuldigst schon.

Winter. Hol's der Teufel! Ich geh'n Stück mit. Mit Deiner Erlaubniß. Arbeiten kann man doch nicht.

Lutz. Bitte!

Winter (gleichzeitig). Einen Moment! (Ab ins Nebenzimmer.)

Lutz (steht nachdenklich am Sessel).

Winter (wieder eintretend, Hut in der Hand). So! (Beide ab. Einen Augenblick später kommt aus dem Nebenzimmer)

Luise (hinter ihr)

Frau Borchardt. Ja, und . .

Frau Borchardt ist Anfang Vierzig. Volle quabblige Gestalt. Sehr abgeblüht, aber noch Reste einstiger Reize. Aufgedunsene, verschwommene Züge. Lebhaft.

Luise (sie unterbrechend). So, danke schön, Frau Borchardt! Hier ist schon aufgeräumt. Ich hab's schon besorgt. Sonst brauch' ich weiter nichts.

Frau Borchardt. Ja, und von wegen Klatschen . .

Ne, das müssen Se nich meinen, Fräulein! Das is nich. Aber da soll man nich aus der Contenance kommen! Wenn so'n Mann so unvernünftig is! Alles was Recht is.. 's Brot giebt er einem. Ja. Aber wenn er so is.. Die Wohnung hätt' er nich vermiethet an Herrn Winter, wenn er das vorher gewußt hätt! Ne, ne! Vor Allen Menschen so was zu sagen! Und was er für 'ne gemeine Redensart gebraucht hat! Ich mag's Ihnen gar nicht wieder sagen, de Scham steigt einem ja zu Gesicht!

Luise. Ja, ja, Frau Borchardt, weiter is ja wohl nichts.

Frau Borchardt (im Abgehen). Da soll noch einer von Anstand reden! Ne, ne! Guten Morgen, Fräuleinchen! Guten Morgen! (Ab.)

Luise (hat hinter ihr die Thür geschlossen, schlägt die Hände vor's Gesicht und sinkt laut aufschluchzend auf einen Stuhl.

V o r h a n g.

Wohnung der Frau Riedel. Einfache Ausstattung. 2fenstrig. Den Fenstern gegenüber altmodisches Sopha, davor mittelgroßer viereckiger Tisch und Rohrstühle. Eingangsthür links von den Fenstern, rechts vom Sopha. Neben der Eingangsthür rechts zweite Thür, welche zur Küche führt. Gegenüber über der Eingangsthür Thür zum Schlafzimmer. Rechts von dieser Thür, dicht am Fenster, Pianino mit Armleuchter, geöffnet, als ob eben darauf gespielt sei. Einfacher Teppich. Blumentöpfe an den Fenstern. Fenster weit geöffnet. Aussicht auf den Hof. Von unten her guckt ein grünender Kastanienbaum gerade ins Fenster hinein. Im Hintergrund niedriges Hinterhaus. Hof zugleich Garten eines Restaurants. Einige Tische unter dem Baume. Spätnachmittag eines warmen Apriltages, einige Tage später. Sonne schon hinter den Häusern versunken, aber noch heller, leuchtender Himmel. Im Laufe der folgenden Gespräche wird es langsam dunkel. Auf dem Hofe setzt manchmal ein Leierkasten ein. Sophatisch gedeckt mit Tellern und sonstigem Geschirr. Zwei Bierflaschen und Gläser. Frau Riedel und Alice Hagen haben soeben Abendbrot gegessen, sitzen nachdenklich am Tisch, Gesicht den Fenstern zu. Frau Riedel ist starke Vierzigerin. Gut conservirt, obwohl man bei näherem Zusehen in ihrem Gesicht zahlreiche Fältchen bemerkt, die sie durch Puder zu verdecken sucht. Röthliche Farbe. Länglicher Gesichtsschnitt. Gesicht muß früher anziehend gewesen sein. Grade Nase. Dunkelblondes Haar, Stirnlöckchen. Volle, mittelgroße Figur. Hauskleid.

Alice (schwermüthig). Was das für'n schöner Abend is! Mama und die werden schöne Tage haben . . . draußen in Tegel. Ich freu' mich recht.

Frau Riedel. Nicht wahr, war das nicht 'n guter Gedanke von Fritz? Die mal raus zu schaffen. 's wird den

77

Allen ganz gut sein. Fränze piepst auch so, Du bist eigentlich noch die einzige.

Alice (mit leichtem Humor). Die sich auf den Beinen hält. Von all den schweren Anstrengungen! Und selbst ich! Ich brech bald zusammen. Seh'n Sie nicht, wie fürchterlich angegriffen ich schon aussehe?

Frau Riedel. Find' ich eigentlich gar nicht, Alicechen.

Alice. Nein, aber! daß sie das auch nicht seh'n, Frau Riedel! Sie haben auch so gar keine Theilnahme für 'n krankes Wesen. (Lacht.)

Frau Riedel (mitlachend). Ja, lach nur! Muß man sich noch auslachen lassen! Weil man so gutmüthig is. Ich bin viel zu gutmüthig. Gutmüthig is schlimmer wie dumm!

Alice. Ja, Frau Riedel, warum sind Sie so gutmüthig? Ich an Ihrer Stelle . .

Frau Riedel. Ja, Du hast Recht! Man sollte keinem Menschen vertrauen! Man is immer zu gutmüthig! zu leichtgläubig! Zu dumm is man einfach! Glaubst Du, daß Winter es aufrichtig meint?

Alice (talt). Wie meinen Sie, Frau Riedel? Ich versteh' Sie nicht.

Frau Riedel. Ach, ich meine . . Du wirst schon wissen, was ich meine . .

Alice (schüttelt den Kopf). Nein, ich weiß wirklich nicht, Frau Riedel.

Frau Riedel. Na, ich meine . . Denkst Du . . hältst Du Winter für einen aufrichtigen Freund? Ja, so will ich sagen.

Alice. Ich denke, Sie wissen doch, was ich von Winter halte, Frau Riedel.

Frau Riedel. Also, Du hältst ihn für aufrichtig?

Alice. Ich halte Winter für einen sehr guten Freund . .

Frau Riedel (betrachtet Alice mit sonderbar komischem Blick, lacht plötzlich auf, schweigt).

Alice (ernst). Ich weiß nicht, weshalb Sie lachen, Frau Riedel.

Frau Riedel (behält noch immer ihren komischen Ausdruck, zwinkert mit den Augen). Ach, mir is nur so . . Mir fiel nur so was komisches ein . . (Lacht wieder auf.)

Alice (erhebt sich, geht langsam zum Fenster. Draußen setzt wieder

der Leierkasten ein). Der dumme Leierkasten spielt heut' auch schon den ganzen Tag. Ich werd' ihm was runterwerfen, damit er zur Ruhe kommt.

Frau Riedel. Dann spielt er erst recht. Versuch' Du mal! Bei mir hilfts nie was.

Alice (hat ein Geldstück in Papier gewickelt und wirft's auf den Hof. Der Leierkasten setzt einen Augenblick aus).

Frau Riedel. Soll er wirklich . . .? (Steckt neugierig den Kopf aus dem Fenster. In diesem Augenblicke setzt der Leierkasten wieder ein.)

Frau Riedel (lachend, nur halb aus dem Fenster). Siehst Du? Hab' ich's nicht gesagt? . . Was leiert er denn da? Das kommt mir ja so bekannt vor.

Alice (humoristisch). Das gilt mir! Das is die Revanche für den Groschen. (Summt ziemlich laut.) Schier dreißig Jahre bist Du alt, hast manchen Sturm erlebt . . (Die Melodie des Leierkastens tönt deutlich vom Hofe herauf.)

Frau Riedel (hat eilfertig den Kopf hineingezogen, ist vom Fenster weggetreten, macht sich hastig am Tisch zu thun). Herr Gott, wenn jetzt Winter kommt! Ich bin noch gar nicht recht angezogen. (Der Leierkasten unten hat wieder ausgesetzt).

Alice (sich erstaunt am Fenster umwendend). Aber Frau Riedel, was wollen Sie denn anzieh'n?

Frau Riedel (schämig). Meinst Du, daß ich mich so zeigen kann?

Alice. Ja, aber warum denn nicht, Frau Riedel?

Frau Riedel (zustimmend). Gott, man is ja zu Hause . . Du hast Recht. Hilf doch'n bischen, Alicechen! (Trägt die Teller u. s. w. in die Küche. Man hört an der Wasserleitung Wasser ins Becken laufen).

Alice (räumt das übrige vom Tische ab, trägt es ebenfalls in die Küche).

Frau Riedel (wieder hineinkommend). Du, Alicechen, mir fällt das so ein . .

Alice (ebenfalls hineinkommend). Was denn, Frau Riedel?

Frau Riedel. Meinst Du, daß Winter wirklich eine . . eine Geliebte hat?

Alice. Gott, warum nicht! Er is'n junger Mann. Wenn eine so dumm is . . Ich würd' nichts daran finden. Ich würd's ebenso machen, wenn ich 'n Mann wär'. Wenn die Mädchen so dumm sind . .

79

Frau Riedel. Also Du meinst wirklich? Gott, die Männer sind ja so. Ja, leider .. Man kann wirklich g a r nicht mehr heirathen.

Alice. Sie müssen ja wissen, Frau Riedel. Ich würde mich nich daran kehren, wenn ich 'n Mann gern hätte. Sie sind ja alle so. Meinen Sie, daß Fritz anders ist?

Frau Riedel. Ja, F r i t z!

Alice. Sie sind viel zu eifersüchtig, Frau Riedel. Man muß das 'm Mann gar nicht zeigen, daß man ihn gern hat. Man muß den Mann nicht verwöhnen.

Frau Riedel. Ja, Du hast Recht. Man is viel zu gut. Viel zu gut ..

Alice. Ich wäre nicht eifersüchtig! .. Eifersucht is überhaupt 'n Zeichen von Mißtrauen.

Frau Riedel (nachdenklich auf einem Stuhl am Fenster, plötzlich). Zuzutrau'n wär's ihm schon!

Alice. Wem? Winter?

Frau Riedel. Er hat doch f u r c h t b a r unmoralische Ansichten . .

Alice (schweigt).

Frau Riedel. Mit seiner freien Liebe .. Das is doch furchtbar unmoralisch.

Alice (schweigt).

Frau Riedel. Aber eigentlich ganz piquant! Find'st Du nicht auch?

Alice. Ich weiß nicht, ich find' das so komisch, daß Winter immer m i c h dabei ansieht, wenn er von so was spricht. Haben Sie das nicht auch bemerkt, Frau Riedel?

Frau Riedel. Ne, ich weiß eigentlich nicht. Wann?

Alice. Ich weiß schon gar nicht, was ich antworten soll .. Ich bin schon ordentlich v e r l e g e n ..

Frau Riedel. Der wird sich auch noch mal bekehren. Die frühen Hähne krähen nicht lang.

Schweigen.

Alice. Wie das heut' still is, unten! Heut' scheinen keine Studenten unten zu kneipen. Der Leierkasten is auch schon weg.

Schweigen.

Frau Riedel (horchend). Da kommt Winter! Hörst Du? Auf der Treppe!

Alice (zerstreut). Wie's vom Baum duftet! Ich glaub', der bekommt schon Blüthen.

Frau Riedel (durch die Eingangsthür auf den Korridor gehend und öffnend). Guten Abend, Herr Winter! Seh'n Sie, ich hab' Sie schon am Schritt erkannt.

Winter (noch auf dem Korridor). Potz Tausend! Das is ja riesig schmeichelhaft. Guten Abend, Frau Riedel! Ah, da is ja auch Fräulein Alice! Dem Hut nach zu urtheilen. Ich kann wohl meinen daneben hängen?

Frau Riedel (ihn hineinführend). Bitte! Natürlich .. Ja, Alice ist hier. Wir haben Sie schon erwartet.

Winter (im Zimmer). Ja, verzeihen Sie! Ich hatte .. Guten Abend, Fräulein Alice!

Alice. Guten Abend, Herr Winter! (Reicht ihm die Hand).

Winter (ihre Hand drückend). Guten Abend! .. Na, Sie kneipen wohl auch etwas Frühling?

Alice. Sie meinen, weil wir hier am Fenster sitzen? Ja, is heut' so schöne Luft draußen .. Bitte, setzen Sie sich, Herr Winter!

Frau Riedel. Ja bitte, placiren Sie sich! Alicechen, mach'n bischen die Honneurs! Ich .. (Im Begriff zu gehen.)

Winter (vor ihr, betrachtet sie zerstreut. Ja, das ist ein Frühling diesmal!

Frau Riedel. Sie betrachten mich ja so kritisch, Herr Winter?

Winter (zusammenfahrend, zerstreut). Ich? Ne .. Ja .. kritisch? Ne, im Gegentheil! Natürlich immer bewundernd!

Frau Riedel (coquett). Ja, reden Sie! Ich seh' sehr unordentlich aus? Sagen Sie's nur heraus!

Winter (mit forcirter Höflichkeit). Aber ich bitte Sie, Frau Riedel! Ganz im Gegentheil! Höchst schneidig! Steht Ihnen sehr gut, das Kleid.

Frau Riedel. Finden Sie? 's is 'n einfaches Hauskleid! Wissen Sie, ich bin für die Bequemlichkeit.

Winter. Is auch sehr vernünftig! Ne, is überhaupt sehr nett bei Ihnen hier. Der grüne Baum ..

Frau Riedel. Ja, gefällt's Ihnen? Nu, das freut

mich. So, nu setzen Sie sich aber auch! Ich komm' gleich. Alice, unterhalt Herrn Winter so lang! (Ab in die Küche, deren Thür sie hinter sich schließt.)

Alice. Wollen Sie sich hier zu uns ans Fenster setzen, Herr Winter! Was meinen Sie, wenn wir den Tisch ran= rücken?

Winter. Ja, mit Vergnügen, Fräulein Alice! (Beide schieben den Sophatisch zum Fenster.)

Winter (setzt sich in die Ecke zwischen Tisch und Fenster, behaglich). So, zwischen Blumen! Draußen der Baum . .

Alice (ihm gegenüber am Tisch, humoristisch). Und Ihnen gegen= über so'n oller Stacheldorn!

Winter (sich verbeugend). Keine Rose ohne Dorn . .

Alice (sich ebenfalls verbeugend, humoristisch) Ach, ich d a n k e sehr! . .

Winter. Ja, warum p r o v o c i r e n Sie das?

Alice. Ach ja, Sie wissen ja, wie riesig ich mich immer über Komplimente freue.

Winter. Na, na, so'n bischen?

Alice. Sagen Sie mir lieber 'ne ordentliche Grobheit!

Winter. 's wird zwar schwer fallen, aber . . Uebrigens w a r das gar kein Kompliment.

Alice. Aber f e r t i g bekommen würden Sie 's d o c h?

Winter. Das hab' ich nicht gesagt.

Alice. Aber ge d a c h t! Reden Sie sich man n i c h t raus!

Schweigen.

Winter. Sie sind allein zu Haus, nicht wahr, Fräulein Alice?

Alice. Ja, mit Papa.

Winter. Warum sind Sie nicht mitgegangen nach Tegel?

Alice. Es muß doch einer zu Haus bleiben. Papa's wegen . .

Winter. Sie sollten g r a d e mal raus, Fräulein Alice!

Alice. Meinen Sie? Ich hab' eigentlich gar nicht das Bedürfniß. Uebrigens fahr' ich vielleicht Sonntag mit Papa raus.

Winter. Sie haben nicht das Be d ü r f n i ß! Merk= würdig!

Alice. Nein, wenn ich nicht gleich mal ordentlich raus kann . .

Schweigen.

82

Frau Riedel (mit einigen Bierflaschen und Gläsern eintretend, die sie auf den Tisch stellt). Na, Kinder, Ihr habt wohl schon gewartet?

Winter. Dach . .

Frau Riedel. So! Jetzt wollen wir uns mal gemüthlich machen. (Setzt sich neben Alice.) Wollen wir nicht die Lampe anstecken? Sie können gar nichts mehr seh'n, Herr Winter.

Alice. Ach, ich denk', wir bleiben noch so sitzen. Es sitzt sich so schön in der Dämmerung.

Winter. Nicht wahr, Fräulein Alice? Es is so'ne wunderbare Stimmung. Besonders heut' Abend! Finden Sie das nicht auch? Wissen Sie, so aus der Ferne langer Zeiten .

Frau Riedel. Ich seh' aber nicht ein, warum wir uns nicht Bier eingießen? Bitte, Herr Winter, darf ich Ihnen eingießen? Sie werden mir doch hoffentlich keinen Korb geben?

Winter (hyperbolisch). Nein, aber Frau Riedel! Wie sollt' ich! Wie sollt' ich mir das anthu'n! (Läßt sich sein Glas vollschenken).

Frau Riedel. Bei so was bekommt man selten 'n Korb. (Schenkt sich und Alice ein.) Was meinst Du, Alice?

Winter. Ich denke, überhaupt keinen, Frau Riedel?

Frau Riedel. Ach, sagen Sie nicht!

Alice. Sie lieben die Dämmerung, Herr Winter?

Winter. Ja sehr! Ich liebe die Dämmerung sehr! Wissen Sie, es liegt so etwas . . (In der Ferne auf einem der Nachbarhöfe setzt noch einmal der Leierkasten ein. Man hört verwehte Töne.)

Winter. Und jetzt noch gar das! (Horcht.) Das is ja 'ne ganz abenteuerliche Stimmung! Was mag er wohl spielen?

Alice (ebenfalls horchend). Man kann's nicht mehr so recht unterscheiden.

Winter. Wissen Sie, so'ne Erinnerungs = Stimmung! So, als ob die Jugend wieder herauf käme! Wissen Sie, so als ob sie da aus der Ecke her langsam heraufstiege! So ganz langsam . . So schattenhaft . .

Frau Riedel (sich scheu umsehend). Kinder, da wird einem ja ganz unheimlich . .

Winter (plötzlich). Haben Sie Angst vor Ihrer Jugend, Frau Riedel?

Frau Riedel (lacht auf). Na ja, Sie machen das so gespenstig. Jetzt werd' ich Sie aber mal erschrecken! (Zieht eine Cigarrette vor, zündet sie an.) Nu, erschrecken Sie sich nicht schon?

Winter. O, bitte sehr! Meinetwegen .. Ich finde grade, das macht die Sache noch gemüthlicher. Rauchen Sie nicht? Ach, bitte, Fräulein Alice!

Alice. Nein, ich rauche nicht, Herr Winter.

Frau Riedel (den Rauch von sich blasend). Finden Sie nicht, daß es 'ne häßliche Angewohnheit ist, Herr Winter? So unweiblich .. So ..

Winter. Wenn Sie mir gestatten, leist' ich Ihnen Gesellschaft. Aber mit 'ner Cigarre.

Frau Riedel. Aber, bitte sehr! Ich kann Ihnen leider nicht dienen. Ich hab' sonst immer welche zu Haus. Natürlich nur für meine Gäste.

Winter (hat sich eine Cigarre angezündet). Ah, das thut wohl!

Frau Riedel. Ja, wenn das Rauchen 'n Laster ist, dann ist es wenigstens 'n schönes ..

Winter (den Rauch vor sich blasend). Seh'n Sie, da geh'n die Sorgen weg, Fräulein Alice! Da geh'n sie weg!

Alice. Die Sorgen?

Winter. Ja, die Sorgen! Sie sollten auch rauchen!

Alice. Ich, ich habe keine Sorgen.

Winter (schwermüthig). Wer kein' Sorgen, der kein Morgen ..

Alice. Mag sein.

Frau Riedel (naiv). Meinen Sie das wirklich, Herr Winter?

Winter. Ja, natürlich. Was dachten Sie? Für den giebt's nur ein Heute.

Frau Riedel. Da müßte man ja glücklich sein, wenn man möglichst viel Sorgen hat?

Winter. Kann man auch.

Frau Riedel (lacht kurz auf). Ne, meinen Sie das im Ernst?

Schweigen.

Winter (plötzlich). Denken Sie noch an die Zeiten, Fräulein

Alice, wo Sie damals bei uns draußen waren? Auf dem Dorf .. Als Kind?

Alice. Gewiß denk' ich noch manchmal an den Schlag, den Sie mir damals gegeben haben. Der that ordentlich weh.

Winter (weich). Aber, Fräulein Alice, im Ernst?

Alice. Ja natürlich! Meinen Sie, das vergeß' ich?

Winter. Das können Sie noch immer nicht vergessen .. Doll! Und dabei war 's nicht mal absichtlich.

Alice. Ja, ja, reden Sie man! Ich glaub' Ihnen recht!

Schweigen.

Alice (auf ein Zeitungsblatt deutend, das auf dem Tische liegt). Lesen Sie auch den Roman im Lokalanzeiger?

Winter (schüttelt den Kopf). Nein, Warum? Was is das für einer?

Alice. Daß Sie sich sowas entgehen lassen! Nein! Sie haben auch gar kein Interesse für Literatur. Wir verschlingen ihn!

Winter. So so? Wie heißt er denn?

Alice. Die Tochter des Geldwechslers.

Winter (zerstreut). Die Tochter des Geldwechslers ..

Alice. Ja, wundern Sie sich über den schönen Titel! Aber der Roman lügt! In Wirklichkeit kommt das Alles ganz anders.

Winter. Kriegen sie sich denn?

Alice. Ja, sie kriegen sich. Das ist ja eben das Dumme!

Winter. Sie finden das wohl auch unmodern?

Alice. Das ist es doch auch. In Wirklichkeit kommt das ganz anders. Wenn ich den Roman geschrieben hätte .. da wär' sie ganz hübsch 'ne alte Jungfer geblieben und hätt 'n Damenstift gegründet.

Schweigen.

Winter. Geben Sie viel Stunden, Frau Riedel?

Frau Riedel. Na, es geht ja so, Herr Winter. Man muß schon zufrieden sein. Ich könnt' schon mehr gebrauchen. Können Sie mir nicht noch 'n Paar besorgen?

Winter (lächelnd). Ja, ich! (Zerstreut.) Sie sollten uns

85

was vorspielen. Irgend 'ne Melodei . . Ich weiß nicht, was soll es bedeuten.

Frau Riedel. Ach, wir sitzen lieber so und erzähl'n uns was, denk' ich. Ne, aber glauben Sie mir, daß ich noch sehr viel Zeit übrig behalte?

Winter. Gott, warum nicht!

Frau Riedel. Ich könnte nebenbei noch sehr gut . Was meinen Sie, soll ich nebenbei a u ch 'n Roman schreiben?

Winter (zerstreut.) Einen Roman! (Halb für sich.) Aus der Jugendzeit . . Aus der Jugendzeit . . Was meinen Sie, Fräulein Alice, da muß aber der Schlag vorkommen — . der ominöse, den ich Ihnen gab?

Frau Riedel. Ne, wirklich! Glauben Sie mir, daß ich Stoff genug hätte für 'n Roman?

Winter. Gewiß glaub' ich Ihnen das. Vielleicht ganz interessant sogar!

Frau Riedel. Nicht wahr? . . Ja, lach' nur, Alice-chen! Erleb' mal erst, was i ch erlebt hab'! Nein, aber wirklich, Herr Winter! Soll ich Ihnen was verrathen?

Winter (gespannt). Ja, bitte sehr, höchst neugierig!

Frau Riedel. Ne ne, lieber nicht! Sie lachen mich aus!

Winter. Aber wie s o l l t' ich?!

Frau Riedel. Nein, nein, Sie lachen mich aus!

Winter. Aber fällt mir nicht e i n!

Frau Riedel. Soll ich, Alice?

Alice. Ich weiß nicht, was Sie meinen . .

Frau Riedel. Na, man kann's ja sagen. Ja, denken Sie sich, ich hab' wirklich so was vor. So was Litterarisches . .

Winter. Was L i t t e r a r i s ch e s! Das ist ja interessant!

Frau Riedel. Aber natürlich nur für mich! Ja, l a ch e n Sie! Ich schreib' meine Memoiren.

Winter. Ihre Memoiren . . (Zerstreut, halb für sich.) Memoiren einer Unverstandenen . .

Frau Riedel (im höchsten Erstaunen.) Ne, aber w i r k l i ch?!

Winter (erstaunt). Was denn?

Frau Riedel. Ne, ich bin ja ganz . . woher w i s s e n Sie das?

Winter. Ja was?

Frau Riedel. Nein, aber sagen Sie im E r n st! Woher

wissen Sie das? Das kann Ihnen doch keiner gesagt haben? Die sollen ja wirklich so heißen.

Winter. Memoiren einer Unverstandenen?

Frau Riedel. Wie finden Sie den Titel? Der muß dann doch sehr alt sein?

Winter. Alt? Ne, durchaus nicht! Ich finde, der ist sehr zeitgemäß .. Was meinen Sie dazu, Fräulein Alice?

Alice (zuckt schweigend die Achseln. Von unten her hört man lärmende Stimmen. Gläser werden auf den Tisch geschlagen. Dann und wann wird in kurzen Absätzen gesungen).

Frau Riedel. Da geht der Skandal unten schon wieder los! Und so is das Abend für Abend.

Alice. Ich weiß nicht, was die Menschen daran finden. Das sind doch gebildete Menschen.

Winter. Ja, scheußlich, dieser Kontrast! Natürlich Studenten?

Frau Riedel. Ja, was sollten es denn sonst sein?

Winter. Und so hat man selbst mal getobt! Und vielleicht nicht am leisesten!

Alice. Sie waren gern Student?

Winter. O ja, das kann ich wohl sagen. Aber jetzt bin ich's auch gern nicht mehr. Seh'n Sie, das is eben der Unterschied! Unsereins kommt darüber hinaus. Wirklich innerlich! Nicht blos äußerlich! Die aber bleiben dabei. Natürlich mit Ausnahmen. Aber die Uebrigen bleiben dabei. Wenn sie auch längst in Amt und Würden sitzen. Das sind die Menschen: Er ward geboren, nahm ein Weib und starb. Und zwischenein kneipte er. Was meinen Sie zu dem Lebensinhalt, Fräulein Alice?

Alice (zuckt schweigend die Achseln.)

Winter (in zunehmender Erregung). Das sind die Menschen, mit denen man zusammenleben muß! So einer blüht Ihnen vielleicht auch mal ..

Alice (humoristisch). Warum nicht? Wenn er reich ist .. und alt .. Sie wissen ja.

Winter (begeistert). Nein, Fräulein Alice, Sie dürfen sich nicht verkaufen. Sie gehören zu einem Mann .. zu einem wirklichen, den Sie auch lieben können. Und Sie werden auch. Ich prophezeie Ihnen das. Sie wären so die

87

wahre Genossin! Wissen Sie, im höchsten Sinne! .. Ganz
abgeseh'n von all' den äußern Formen heute. Nein, in voller
Freiheit. Als wirkliche Genossin! Leidens- und Freudens-
genossin! Wenn ich Sie mir so mit einem wirklichen Mann
vorstelle .. Herr Gott, Sie müßten ein Paar geben! Das
könnte sich auf diese Erde stellen, auf diese dauernde Erde!
Und im Uebrigen, was nachher kommt .. na, das könnt' uns
egal sein!

Alice (kühl). Das is ja der reine Roman!

Winter. Ja, aber nicht die Tochter des Geldwechslers!

Alice. Haben Sie schon einen passenden Titel dafür?

Winter. Ja, was meinen Sie dazu: Ein Frühlings-
traum?

Frau Riedel (mit plötzlicher Erleuchtung). Oder die Memoiren eines Unverstandenen ..

Winter. Auch nicht übel!

Vorhang.

Vierter Aufzug.

Winters Wohnung. Erkerzimmer. Einer der nächsten Tage. Gegen Mittag. Winter und Boretius in den beiden Sesseln am Sopha. Boretius ist 30 Jahre alt, hohlwangig, sehr scharfer Ausdruck. Zug von eiserner Entschlossenheit. Tiefliegende graugrüne Augen. Hohe, steile Stirn. Spärliches, strähniges Haar. Schmale, blutlose Lippen. Grade, schmale Nase. Im Ton leichter Anflug von Salbung. Langer, schwarzer Rock.

Boretius. Ja, lieber Freund, wir Menschen müssen große Wandlungen durchmachen, bis wir unsern rechten Boden finden, unser gedeihliches Erdreich. Gottes Wege sind wunderbar.

Winter (sehr herbe und verbittert, wie überhaupt während der folgenden Gespräche). Ja, es scheint ja so. D e i n e Wandlung ist jedenfalls nicht die kleinste. Man kann Dir jedenfalls gratuliren dazu.

Boretius. Wir haben uns lange nicht gesehen, alter Ernst, mußt Du bedenken. In den Jahren haben mich meine Erfahrungen zu einem ernsteren und ruhigen Leben geführt. Ganz abgeseh'n von äußeren Gründen .. auch meine innere Stimmung.

Winter. Sollten die äußern Gründe nicht die Hauptursache sein? Na, na, lieber Boretius! Als wohl bestallter Hilfsprediger, Angehöriger der innern Mission .. Wie war es doch n o c h?

Boretius. Mein lieber, alter Ernst! Ich freu' mich, daß Du noch so der Alte bist! Noch immer Dein Humor! Erinnerst Du Dich noch an Deine Bierzeitungen auf der Verbindung? Wir haben uns doch manchmal halb schief gelacht. Du und Fränzel .. Nach Euch ging's bergab mit der Bierzeitung.

Winter. Koloſſal ſchmeichelhaft, dies Vierzeitungsverdienſt! Siehſt Du, ſeitdem hab' ich's noch immer nicht weiter gebracht. Ich hätte a u ch Theologe werden ſollen.

Boretius. Das w är' ein pyramidaler Bierulk geweſen! Wir beide als Theologen nebeneinander! Du katholiſcher Geiſtlicher! Ich evangeliſcher Prediger!

Winter. Ach richtig, und Judenmiſſionar! Da hätten wir uns vielleicht noch Concurrenz gemacht.

Boretius. Das wär' doch kreuzfidel geweſen! In un=ſern Freiſtunden hätten wir zuſammen geſeſſen und beim Töppchen Bier unſere alten Streiche durchgenommen. Und am Sonntag hätten wir auf der Kanzel gegen uns losgedonnert! Einer gegen den Andern!

Winter. Ja, das wär' ſehr ſchön geweſen! Na, wenn wir wieder mal auf die Welt kommen!

Boretius. Du wärſt übrigens als katholiſcher Theologe 'n kleiner Schwerenöther geworden, alter Bruder.

Winter. Inwiefern? Was meinſt Du damit?

Boretius. Du warſt doch immer ziemlich hinter den kleinen Mädchen her. Da machte mir vorhin ſo'n reizendes Weibchen die Thür auf. Oder war's 'n Mädel? Der alte Ernſt hat ſich zu 'ner kleinen Haushälterin aufgeſchwungen! Ja, ja! Was ſich die alten lieben Freunde nicht Alles zulegen!

Winter. Und Du denkſt jetzt in Berlin zu bleiben?

Boretius. So Gott will, ja! Es war ſchon Jahrelang mein Herzenswunſch. Das Gebiet iſt doch 'n größeres. Man hat 'ne reichere Wirkſamkeit.

Winter (etwas zerſtreut dazwiſchen). Die Arbeit im Wein= berge des Herrn . .

Boretius. Die Nothſtände hier in Berlin ſind himmel= ſchreiend. Man braucht junge Kräfte. Unſereins hat's grade gut getroffen. 'n paar Jahre ſpäter wäre das Alles beſetzt geweſen. Ich hätt' mich natürlich auch in das Leben bei uns da oben gefunden. Aber die Ausſichten ſind hier größer, und man hat Gelegenheit zu Nebenarbeiten.

Winter. Vielbeſchäftigter Mann, Du! Aber natürlich, das war ja immer Dein Ideal . .

Boretius. Ich treibe etwas orientaliſche Sprachen. Und dann vor Allem denk' ich mich juriſtiſch auszubilden.

Winter. Je! Auch noch juristisch!

Boretius. Es ist 'ne Schmach, daß an der Spitze unserer obersten Kirchenbehörde ein Jurist steh'n muß. Auch sonst spielen die Juristen eine große Rolle bei uns. In unserer Kirchenverwaltung. Wenn die jungen Theologen alle für 'ne tüchtige juristische Durchbildung sorgen wollten .. Wer weiß, ob wir dem Uebelstand nicht abhelfen könnten.

Winter. Donnerwetter, Kerl, Du hast große Pläne!

Boretius. Nein, lieber alter Freund, Du traust mir zu viel zu. Wir haben 'n schweren Kampf. Mit Gottes Hülfe werden wir siegen. Aber der Kampf ist schwer. Halbes können wir nicht brauchen.

Winter (plötzlich). Mann! Mann! Warum bist Du doch nicht zu 'ner praktischen Thätigkeit gekommen?! Du hätt'st Dich zum großen Unternehmer, Fabrikanten oder sowas geeignet. Wollt'st Du nicht mal Seemann werden?

Boretius. Die Flausen hat man glücklich lang vergessen. Wenn man in seinem Beruf lebt, vergißt man das. Wer nicht weiß, wie das ist .. Wer keinen rechten Beruf hat.

Winter. Ach Gott, Mann, spar' Dir die Bemerkungen! Is wirklich ganz überflüssig! Ich weiß schon allein, was ich zu thun und zu lassen habe!

Boretius. Na, alter Kerl, nur nicht gleich aufbrausen! So war's nicht gemeint! Ich denk, wir beiden steh'n noch auf dem alten Freundschaftsboden.

Winter (verbeugt sich forcirt höflich). Sehr schmeichelhaft!

Boretius. Na, und Du lebst hier nu wohl seelenvergnügte Tage? (Macht eine anspielende Geberde zum Nebenzimmer.)

Winter (mit verhaltener Erregung). Lieber Freund, ich muß Dich bitten, dich da etwas .. etwas ..

Boretius (gutmüthig). Ach, alter Freund, unter alten Kameraden und Schulfreunden ist das ja ganz egal. Genir' Dich meinetwegen nicht!

Winter (in zunehmender Erregung). Mann, Mann, Du i r r st Dich da wirklich! Du hast gar keine Veranlassung, solche Miene aufzusetzen! Und übrigens erklär' ich Dir hiermit, daß das Mädchen meine Geliebte ist und daß das keinen was angeht.

Boretius. Auch nicht Deine alten Freunde?

91

Winter. Nein, auch die nicht! Meine sogenannten alten Freunde am wenigsten! Du siehst, ich bin aufrichtig.

Boretius. Ja, Du scheinst Deine alten Freunde vergessen zu haben .. über Deinen neuen Abenteuern.

Winter. Ich sag' Dir nochmal, ich kann Dir jedenfalls kein Urtheil gestatten .. über meine neuen Abenteuer. Ich muß mir überhaupt diesen Titel verbitten.

Boretius. Ja, man kann schärfere Titel finden .. als Dein alter Freund .. Und außerdem als Seelsorger ..

Winter. Seelsorger! Jedenfalls nicht meiner! Ich bedanke mich für solchen Seelsorger! .. Und außerdem: alter Freund?! Ich halt' nicht viel von solchen aufgewärmten Freundschaften!

Boretius. Wenn Du nicht mein alter Freund wärst.. trotzdem .. Ich halt länger an so was fest, wie Du. Und ich denk, das ist blos 'ne augenblickliche Aufregung von Dir. Aber ich habe die Pflicht, Dir das zu sagen ..

Winter. Was denn, wenn ich bitten darf?

Boretius. So'n Verhältniß kann ein öffentliches Aergerniß werden .. Hoffentlich bist Du zu Andern nicht ebenso aufrichtig?

Winter. Also öffentliches Aergerniß?! Und was das anbetrifft, aufrichtig .. Meinst Du, ich genir mich?! Nein, mein Lieber, das können sämmtliche Hülfsprediger wissen! Und der ganze Oberkirchenrath dazu! Und wenn ich das Verhältniß haben will, dann hab' ich's! Wenn alle Hilfsprediger nur kein andres Verhältniß hätten! Nein, mein Guter, bei mir ist nichts zu bekehren! Du meinst, weil Du einen früher kommandiren konntest .. Nein, die Zeiten sind vorbei! .. Und wenn die ganze Gesellschaft kommt .. Dann erst recht! Dann erst recht! Das wollen wir doch mal seh'n! .. Und übrigens, wissen thun das auch Leute genug, dächt' ich!

Boretius (erhebt sich). Du wirst mir verzeih'n, daß ich Dich belästigt habe. Aber ich kann natürlich unter diesen Umständen .. Mein Amt und Stand .. Es thut mir leid, daß unsere Freundschaft so ..

Winter (sich ebenfalls erhebend). Ach, unsere Freundschaft! Und Dein Amt und Stand! Nicht wahr, Du moralischer Herr?! Ich erinnere mich an gewisse Abenteuer .. Nein, mein

Lieber, Du haſt am Allerwenigſten .. Und dann die Nieder=
tracht! Das auf And're ſchieben! Meinſt Du, wir wiſſen
das nicht?! Ja, Du biſt 'n netter Freund! Frank kann 'n
Liedchen ſingen! Pfui, dieſe Niedertracht! Dieſe ekelhafte! Ich
ſag' Dir das in's Geſicht!

Boretius. Adieu, ich bin nicht rachſüchtig, ſonſt ..
(Hat Hut und Stock genommen, geht zur Thür.)

Winter. Hoach! Rachſüchtig! (Boretius ab.)

Winter (einen Augenblick allein, ballt die Fäuſte, läßt ſich auf
ſeinen Seſſel zurückfallen, athmet ſchwer).

Luiſe (aus dem Nebenzimmer, gedrückt, düſter, ängſtlich). Was
is Dir, Ernſt? Is der Herr fortgegangen? Is was
Schlimmes?

Winter (ſchweigt, ſchwer in ſich verſunken).

Luiſe (aufgeregt, angſtvoll). Ernſt!! Du ſiehſt ſo ..
Lieber Ernſt!

Winter (hält mechaniſch die Hand über's Geſicht, wie um ſeine
Augen zu verbergen).

Luiſe (faſt weinend). Ernſt?! (Fällt ihm ſchluchzend um
den Hals.)

Winter preßt ſie krampfhaft an ſich, in kurzem unarticulirtem
Stöhnen. Kurze, dumpfe Pauſe.

Winter (den Kopf ein wenig aus der Umarmung aufrichtend,
ſtreichelt zärtlich Luiſens Haar, mit zitternder Stimme). Mein einziges!
Wein' nicht! Nein?! (Plötzlich krampfhaft.) O Gott! O Gott!
(Ballt die Fäuſte, ſtöhnt auf).

Luiſe (legt ihren Kopf auf die Seſſellehne).

Winter (fühlt eine Thräne auf ſeiner Hand, ſpringt in krampf=
hafter Erregung auf, athmet ſchwer, nach Worten ringend, mit harten
Schritten im Zimmer auf und ab, plötzlich). Dieſe Gemeinheit!
Dieſe Gemeinheit!! (Auf und abgehend, nach einer Pauſe mit ver=
änderter, ſcheinbar ruhiger Stimme.) Ja, ja, unſer liebes Deutſch=
land! Man wird doch wohl .. (Streckt und dehnt ſich krampfhaft.)
Ha . a! (Wieder auf und abgehend, nach einer Pauſe, mit verzweifelter
Ruhe.) Ja, ja, Kind, das haben wir uns nicht träumen
laſſen! .. Dieſe ehrenwerthe Geſellſchaft! (In Pauſen,
ruckweiſe.) O ja .. Brave Leute! Brave Leute! So moraliſch!
Hä .. ä!! Wir unſittlichen Menſchen! (Vor Luiſe ſtehen blei=
bend). Ja ja, das haſt Du Dir nicht gedacht, Kindchen! So
verkommen wie wir auch ſind! . Wir beide! Man muß ſich ſchon

ordentlich schämen! .. (Auf und abgehend). Der Wirth unten
.. Ueberhaupt die Leute hier im Haus .. Hast Du das noch
nicht bemerkt?

Luise (schweigt, sitzt thränenlos da).

Winter. Hast Du das noch nicht bemerkt?

Luise (mit krampfhafter Fassung, zuckenden Lippen). Nein, ich
hab' nichts geseh'n, Ernst ..

Winter (mit scheinbarer Ruhe, Anflug von Galgenhumor). Na!
Man kann die Leute ja befrei'n von seinem Anblick .. Glück=
licherweise! .. O ja! Das kann man! (Auf und abgehend,
nach einer Pause.) Sieh Dir nur das Zimmer noch gut an,
Kind! .. (Am Fenster.) Hübsche Aussicht hier! (Zähne aufein=
ander beißend.) Ja! Ja!

Luise (zitternd). Ernst, kam der von der ..

Winter (grausam). Wovon?

Luise (schlägt die Hände vor dem Gesichte zusammen). Hoach!

Winter (galgenhumoristisch). Immer offen heraus, Schatz!
Von der Polizei meinst Du?

Luise (nickt kaum merklich, Kopf auf der Stuhllehne).

Winter. Nein, soweit is es noch nicht! Aber, was
nicht is, kann ja noch werden! .. Die Aussichten sind ja ganz
günstig!

Luise (mit Fassung, aber Thränen in den Augen). Ernst, wenn
wir nicht mehr zusammen sind ..

Winter (vor ihr, beißt die Zähne aufeinander).

Luise. Du denkst noch an mich, ja Ernst? (Mit ersticktem Schluchzen.)

Winter (setzt sich auf einen Stuhl, kämpft gegen seine Erschütte=
rung, trommelt mit der Faust auf ein Tischchen).

Luise (in ausbrechender Verzweiflung ins Nebenzimmer).

Winter (kann, da sie weg ist, seine Bewegung nicht mehr meistern,
preßt den Kopf stöhnend auf die Tischplatte. Kurze Pause. Es schellt
draußen. Erhebt sich schnell, fährt sich übers Gesicht, ab auf den Corridor.
Man hört draußen Stimmen).

Binder (tritt ein). Ich bekam Deinen Brief heut' früh.
Ich konnt' nicht eh'r. Wegen des Geschäfts.

Winter (der hinter Binder wieder eingetreten ist.) Aber jetzt
hast Du doch etwas Zeit? Wenigstens 'n paar Augenblicke?

Binder. Ja, die Mittagspause dauert ja bis halb Zwei.

Also da . . Also was Besondres ist nicht passirt? Ich fürchtete schon.

Winter. Was Besondres? (Achselzuckend.) Gott, ne! Aber . . Na, jedenfalls dank' ich Dir, daß Du gekommen bist. Wirklich a u frichtig! (Reicht ihm die Hand.)

Binder (seinen Händedruck erwiedernd). Aber gar keine Ur= sache! Ich denk' Du weißt . . Uebrigens versteht sich das von selbst. Also, wie steht's denn hier? (Setzt sich in einen der Sessel.)

Winter (ist einmal auf und abgegangen, bleibt am Erkerfenster stehen, Kopf matt an den Scheiben). Ach Gott, wie soll's steh'n! Du siehst ja . . Ae . .! Ich muß mich setzen. Man hängt wie 'ne Fleig' an der Wand. (Geht langsam zum Sessel, läßt sich müd hinein= fallen, legt den Kopf hinten auf die Lehne.) Am liebsten möchte man schlafen . .

Binder. Wo ist Luise.

Winter. Luise sitzt nebenan. Weißt Du, so recht a u s= schlafen!

Binder. Hast Du sie wieder . .? Winter, Du bist ein . .

Winter (leicht neugierig). Na? Ja, ich bin nu mal so. Ich weiß das ganz gut, leider! Aber glaub' mir, ich quäl, nicht blos And're! Ich trag selbst genug d'ran . . Glaub' mir, ich trag an mir am schwersten!

Binder. Du könntest wirklich glücklich leben . .

Winter. Ja, ich hab' mir das a u ch mal eingebildet. Is noch gar nicht so lang her. Aber ich muß kein Talent dazu haben . . Na!

Binder. Der Zustand mit Eurem Zusammenleben so . . Das is ja unhaltbar. Das siehst Du doch ein. Aber mach doch'n Ende! Heirath' Luise! Dann bist Du all die Scherereien los. Ich seh' wirklich nicht ein, warum Du deswegen . . Ich glaub' wirklich, Winter, Du verzettelst Deine Kraft.

Winter (matt). Ich kann schon gar nichts mehr drauf . . Man wird schon ganz m ü r b! Ja ja, man kann schon mürb' werden Alle stoßen in e i n Horn! . . Mit Boretius hatt' ich eben schon was Aehnliches.

Binder (erstaunt). Is er also w i r k l i ch hier gewesen? Das hätt' ich doch nicht . .

Winter (während des Folgenden wieder kräftiger). Ja, der war hier! Der edle Herr! . . Auch so 'ne Stütze der Gesellschaft!

Ja, ich hab' mich auch gewundert. Hat offenbar nicht gewußt, daß ich seine Sache mit Frank .. Hä!

Binder. Wie war's denn? Sagtest Du was? Nein ..

Winter (herb). Gewiß, sagte ich was! Sogar ganz gehörig! Ich hab' ihm seine Gemeinheit direkt in's Gesicht gesagt. Gegen Frank und überhaupt. Das sind die Leute, mit denen man zu thun hat! Die sich auf's hohe Pferd setzen!

Binder. Siehst Du, so bist Du! Du machst Dir unnütz Feinde.

Winter. Um so besser! Je mehr, desto besser! Diese edlen Seelen! Er kam natürlich auch sehr moralisch.

Binder. Woher wußte er das überhaupt?

Winter. Ich hab 's ihm natürlich gesagt! Ganz offen! Ho! Ich hab' gar keine Veranlassung, das zu verbergen. Das kann jeder wissen!

Binder. Meinst Du nicht, daß er Dir Unannehmlichkeiten ..

Winter. Möglich! Andeutungen machte er. Aber es thut mir nicht leid. Das hat mich schon jahrelang gewurmt .. Diese Gemeinheit!

Binder. Ernst, Du hast die Pflicht gegen Luise .. Du mußt sie heirathen.

Winter (verzweifelt.) Mann, ich kann nicht! Ich kann nicht!

Binder. Warum nicht?

Winter. Ich kann einfach nicht! .. Hoa! Heirathen .. Schrecklich!

Binder. Wenn Alice z. B. wollte, würdest Du da ..?

Winter (entschieden.) Nein! Nein!

Binder (ernst). Winter, is Dir niemals der Gedanke gekommen?

Winter (schnell). Nein, niemals! Heirathen .. Niemals! Und überhaupt .. (Stockt.)

Binder. Was?

Winter. Ich seh' gar keinen Ausweg! Ich reib mich auf!

Binder. Eben darum! Du kannst Deine Kraft besser anwenden. Du mußt 'n Ende damit machen.

Winter. Ja, das will ich auch! Dazu bin ich ent=schlossen.

Binder. Du lebst doch mit Luise, wie in der Ehe. Ihr lebt zusammen .. Warum willst Du da nicht einfach diese ganz gleichgültige Formalität ..

Winter. Gleichgültig? Wenn's das für mich wäre! Aber die ganze Illusion wäre weg! Luise als staatlich patentirte Ehefrau .. An dem Tag' wär's zu Ende! .. Nein, ich muß frei sein! Ganz frei! Eben, ich fühl mich jetzt schon nicht ganz frei ..

Binder (aufmerkend). Was heißt das?

Winter. Was das heißt? Das heißt, daß ich mich jetzt schon gebunden fühle .. (Ausbrechend.) Und daß ich das nicht ertragen kann!

Binder. Du willst doch nicht Deine Verpflichtungen gegen Luise .. Winter, das wär' eine .. Verzeih' mir das harte Wort! Aber, das wär 'ne Gemeinheit!

Winter. Ja, ich weiß das, aber ..

Binder. Ich trau' Dir das nicht zu .. Ich hoffe, ich irr' mich da nicht ..

Winter (plötzlich sehr ruhig und kühl, vor Binder stehend). Ich muß mir beweisen, daß ich wirklich frei bin! Und eben darum .. Ja, das muß ich mir beweisen.

Binder (trübe). Wenn Du das auf Dein Gewissen nehmen kannst ..

Winter (fortfahrend). Ich will nicht wie Hinz und Kunz hier versauern! .. Denn, ob ich da so zusammenlebe oder ob ich heirathe .. Das is ganz egal. Da hast Du Recht. Nein, ich muß mir beweisen, daß ich frei bin. Daß ich über=haupt noch frei sein kann! Daß ich nicht schon versimpelt bin!

Binder (bitter). Hast Du schon gedacht, was aus Luise werden soll? Oder hast Du dazu noch nicht Zeit gehabt?

Winter (schnell). Natürlich werd' ich für sie sorgen .. Materiell .. Das versteht sich ja von selbst. In dieser Be=ziehung ..

Binder (bitter). Sehr edel! Wirklich großmüthig! Und Du meinst, das ..

Winter (verzweifelt.) Ach Gott, Mann! Ich weiß ja! Ich weiß ja!

Binder. Haft Du Luise schon was gesagt?

Winter. Nein, aber sie .. (Plötzlich.) O, mein armes Kind! Mein a r m e s Kind!

Binder (nicht trübe). Ja, armes Kind!

Winter (verzweifelt). Ich weiß nicht, wie ich das er= t r a g e n soll! (Ballt die Fäuste.)

Binder. Mir scheint wicht'ger, wie s i e das er= tragen wird.

Winter (halb außer sich). Ich muß weg! Weg!! .. Ich geh' zu Grunde!

Schweigen.

Binder (düster). Ich glaub' wirklich, das is 'n Unglück .. Wer mit Dir zu thun hat!

Winter (schweigt und senkt schwermüthig den Kopf, setzt sich dann).

Binder. Du kannst Menschen unglücklich machen .. Du h a s t das.

Winter (finster). Ja ja, das ist ein Erbtheil, mein Lieber! Das liegt in unserer Familie. Ich bin nicht der E r s t e ! Ich weiß das ..

Binder. Und Du kannst nichts dagegen t h u n ? Sag' lieber, Du w i l l s t nichts dagegen thun!

Winter (zuckt die Achseln, schweigt, dann plötzlich). Jedenfalls muß ich weg! Sobald wie möglich! Vielleicht wird's da anders. Auf der andern Seite vom Wasser. Lutz hat Recht, blos nicht verfetten! Alles Andre! (Plötzlich krampfhaft). Ach, ich mag mir das gar nicht a u s m a l e n !

Schweigen.

Winter (wieder fortfahrend, schwermüthig). In der neuen Welt .. Alles neu! Neu! Und das Alte? (Preßt den Kopf in die Hände.)

Binder. Meinst Du nicht, daß 'n Mensch wie Du ..

Winter (ohne auf ihn zu hören). Na, vielleicht b e l o h n t sich das noch mal! Wenn ich wirklich 'n Künstler .. Da muß sich das zeigen.

Binder. Ernst, hast Du hier nicht a u c h eine Aufgabe? Vielleicht 'ne ganz große? Mußt Du weg?

Winter (gebrochen). Ach, wenn ich mir das ausmale .. All die schönen Tage hier! All die Zeit mit Luise! .. 's waren doch schöne Tage! Man hat so Alles hier! Alles!

Was da drüben kommt . . (Achselzuckend, plötzlich mit zärtlichem Ausdruck.) **Mein liebes Kind!** (Schweigt, nach einer Weile.) Meinen Eltern wird der Abschied auch nicht **leicht** fallen . . (Zerdrückt eine Thräne im Auge, geht langsam auf und ab, mit gesenktem Kopf, plötzlich vor Binder stehen bleibend.) **Weißt Du, Franz . .**

Binder (sieht auf).

Winter (ablenkend). Ach, es is auch . . (Geht wieder auf und ab.)

Binder. Was meinst Du?

Winter. Wie ich das **fertig** kriegen . . (Zuckt die Achseln, dann düster vor sich hin.) Die Zukunft ist so **absolut** leer . . Man könnte wirklich . . (Ballt die Faust vor die Stirn und macht die Geberde des Abdrückens.)

Binder. Was willst Du mir eigentlich?

Winter. Weg! Raus! . Ich reib' mich auf zwischen diesen . . (Stockt, dann düster.) Was die wohl sagen werden? Sonderbar!

Binder (plötzlich). Also, Du bist entschlossen zu gehen?

Winter (mit etwas zweifelndem Ausdruck, achselzuckend). Ja, Mann, ich muß!

Binder. Warum willst Du da nicht . . Merkwürdig, is Dir der Gedanke noch nie . . Warum nimmst Du Luise nicht . . Nimm sie doch **mit!**

Winter (zerstreut). Wie meinst Du?

Binder. Nimm sie doch mit, einfach!

Winter (noch immer zerstreut). Wen, meinst Du?

Binder. Na wen?! Das is doch ganz klar!

Winter (zerstreut). Du meinst Luise?

Binder. Na ja, wen den sonst?!

Winter (halb für sich). Mitnehmen? Hm . .

Binder (freudig). Ja gewiß . . **Mitnehmen!** Das is überhaupt das einzig Wahre! Das is überhaupt 'n Ausweg!

Winter (erwachend). Mitnehmen . . Ja, ja, sehr schön!

Binder (immer freudiger). Weißt Du, da bin ich ordentlich stolz! Das **thust** Du auch . . Hast Du das noch nicht selbst . .?

Winter. Ach gewiß, Mann, ich hab' ja das schon . .

Binder. Wirklich? Wann denn?

Winter. Ach, vor einiger Zeit. Sie will ja nicht.

Binder. Haft Du ihr das wirklich im Ernst . .?

Winter. Ach Gott, es war so . . (Nachdenklich.) Hm, hm . .

Binder. So . . So, als wenn Du das z. B. zu Alice gesagt hätt'st?

Winter (lächelt).

Binder. Winter! Winter!

Winter. Mann, wie sie sich damals . . Ich glaub' nicht.

Binder. Willst Du nicht noch mal . .? Soll ich's ihr sagen?

Winter (lächelnd). Du? . . Du guter Geist! (Plötzlich.) Sag' mal, hast Du Luise eigentlich gern?

Binder (erröthend). Warum? Was . . Wie kommst Du darauf?

Winter. Ach, ich dachte nur so . . (Plötzlich.) Also, jedenfalls muß ich weg! Das steht fest! Und im Uebrigen . . Ich hätte natürlich Luise auch noch mal . . Das is ja klar.

Binder. Also, soll ich mit ihr reden?

Winter. Wenn Du willst? . . Ja, red' doch mit ihr! (Nachdenklich.) Ja, wenn man schon weg muß . . Zu Zweien gehts besser! Sie sollen wenigstens nicht den Spaß haben . . Das wär' doch 'n Spaß, wenn die uns so auseinander kriegen könnten! Ne, so leicht nicht,· mein ehrenwerther Herr Boretius! . . Also, Du sprichst mit ihr?

Binder. Ja, wenn's Dir recht ist? Vielleicht . .

Winter. Gleich? (Erleichtert.) Ja, gewiß, sprich nur mit ihr! Is mir auch lieber! Ich bin jetzt doch nicht so recht . . Ich könnte ihr das doch jetzt nicht Alles . . (Erschöpft.) Ach, mir geht so vielerlei . . (Faßt sich an die Stirn.) Ja, gewiß, sprich ihr nur gut zu! Meinem lieben Kind! . . Nimm mir das ab! Blos damit sie . . Weißt Du Mann, Du bist mein guter Genius!

Binder. Ach, Unsinn! Ich weiß, wer Dein guter Genius ist.

Winter (lächelnd). Na?

Binder. Luise, Du Unmensch!

Winter (lächelnd). Meinst Du? . . Na, also ich schick' sie Dir.

Binder. Und horch' nicht nebenan!

Winter (an der Thür des Nebenzimmers). Ne ne, hab' keine Angst! Ich muß so wie so raus. Ich sag' Dir, der Kopf geht mir beinah' aus den Fugen! (Ab.)

Binder (sitzt erwartungsvoll im Sessel).

Luise (tritt zögernd ein, sehr verlegen). Ernst ist weggegangen, Herr Binder . .

Binder (ihr entgegengehend, ebenfalls etwas verlegen, reicht ihr die Hand). Guten Tag, Fräulein Luise.

Luise (reicht ihm die Hand, senkt erröthend den Kopf).

Binder. Sie seh'n so bleich aus, Fräulein Luise? (Scherzend.) Dieser Unmensch von Ernst plagt Sie wohl auch was Rechtes?

Luise (im Sessel, senkt den Kopf, verbeißt ihre Thränen).

Binder (sich ebenfalls setzend). Für Ernst wird's auch sehr gut sein, wenn er jetzt wieder raus kommt.

Luise (ihn ansehend, nickt). Ja, ich glaub' auch, Herr Binder!

Binder. Kam Ihnen das nicht sehr . . Sehr un=erwartet?

Luise. Mir? O nein!

Binder. Was? Sie haben das womöglich schon . .

Luise. Ernst kann's nirgends aushalten lang. Er ist so.

Binder. Ernst kann wirklich von Glück sagen . .

Luise (sieht ihn an, schweigt).

Binder. Ich mein, daß er 'n Mädchen gefunden hat, das ihn so . . (Plötzlich mit Nachdruck.) Ja, Fräulein Luise.

Luise (hat erröthend den Kopf gesenkt).

Binder. Wissen Sie auch, Fräulein Luise, daß es sehr uneigennützig von mir ist?

Luise (sieht ihn erwartend an).

Binder (leicht scherzhaft). Ich bin 'n sehr uneigennütziger Mensch. Ich f r e u' mich noch, daß Sie wegkommen . . Sie Beide. Winter ist eigentlich mein einz'ger Freund. Und Sie . . (Stockt.)

Luise (senkt den Kopf).

Binder. Das hört dann auch auf. Ich hab' mich immer sehr wohl bei Ihnen beiden gefühlt, Fräulein Luise . . Passen Sie auf, ob Sie da drüben so'n nettes Heim finden! Ich mein' natürlich blos die Wohnung, z. B. den Erker. Sonst

im Uebrigen . . Sie können ja Alles so hübsch einrichten, Fräulein Luise.

Luise (schwer). Ich geh' ja nicht mit, Herr Binder.

Binder. Was? Sie wollen nicht mit?! Aber Fräulein Luise, das können Sie doch Ernst nicht anthun.

Luise. Ernst geht allein. (Verbirgt in plötzlicher Verzweiflung den Kopf in der Hand.)

Binder. Aber Fräulein Luise, warum denn? Warum wollen Sie denn nicht mit?

Luise (schweigt, Gesicht noch in den Händen).

Binder. Fräulein Luise, das können Sie Ernst nicht anthun.

Luise (plötzlich krampfhaft). Ernst will mich ja nicht mit= nehmen.

Binder. Aber, wie kommen Sie denn darauf?! Ich denke, grade!

Luise (schweigt).

Binder. Nein, das müssen Sie . . Ich sprach ja noch vorher mit ihm. Gewiß sollen Sie mit. Hören Sie, Fräulein Luise?

Luise (resignirt). Nein, es ist auch am besten so.

Binder. Was? daß Sie mitgehn?

Luise. Ich bin ihm schon im Wege.

Binder. Ach, das sind Launen! Sie wissen ja, was er für'n launenhafter Mensch ist.

Luise. Ernst hat nie was von mir gehalten.

Binder. Aber?!

Luise (ausbrechend). Er hält mich für dumm! Und das ist es eben!

Binder (düster). Schlimm! Schlimm!

Luise. Ich hab' mir alle Mühe gegeben. Aber ich bin ihm nicht gut genug! Ernst braucht 'ne Andre.

Binder (gerührt). Also, Sie wollen wirklich, Fräulein Luise?

Luise (schweigt, die Thränen rollen ihr über die Backen).

Binder (zögernd). Haben Sie auch schon . . Haben Sie schon an ihre Zukunst gedacht, Fräulein Luise?

Luise (gepreßt). Ich kann ja arbeiten. Ich bin das ja gewöhnt.

Binder. Armer Ernst! Glauben Sie mir, er kann ja nicht ohne Sie leben . . Ich weiß das.

Luise (beißt die Zähne aufeinander).

Binder (sehr ernst). Wirklich, Fräulein Luise?

Luise (schluchzt verzweifelt auf, verbirgt ihr Gesicht an der Sessellehne).

Vorhang.

Sommerwohnung der Familie Hagen in Tegel. Garten. Frühlingsgrüne Bäume und Sträucher. Kleiner sumpfiger Teich im Hintergrund. Einige Gartenwege durchschneiden die Beete und Rasenflächen. An einem der Wege, links im Vordergrund, Gartenbank, Tisch, Gartenstühle, von hinten her leicht mit Laub überdacht. Auf derselben Seite, weiter gegen den Hintergrund, Umrisse des Hauses sichtbar. Leicht gedämpfte, aber heitre Beleuchtung. Spätnach= mittag am gleichen Tage, wie die unmittelbar vorhergehenden Geschehnisse. Tiefe frühlingsschwüle Stille, nur selten unterbrochen durch ein Vogelpiepsen oder Hahnenkrähen. Alice und Franziska Hagen auf der Bank, im Gespräch mit Winter, der in einem Gartenstuhl sitzt.

Winter (mit gezwungener Leichtigkeit, wie auch während des Folgenden). Sie seh'n also, ich halte meinen jour fix pünktlich ein. Und wenn's gleich bis Australien geht! Vor'ges Mal bei Frau Riedel. Heute hier draußen! Bin doch neu= gierig, wo Sie mich nächstes Mal rausjagen werden?

Alice. Na, wir werden gnädig sein.

Winter (schwermüthig). Ja, ja, wer weiß, wo man noch überall rumkommt!

Alice. Aber, Herr Winter! Das w e i ß man doch!

Winter. Wissen S i e das so genau?

Alice. Ja, ich weiß das ganz genau. Im Winter Berlin. Im Frühjahr vielleicht nach Tegel. Auf 'n paar Wochen.

Franziska. Na, Alice! Du thust auch so, als wenn wir immer in Tegel sind. Vor zwei Jahren waren wir doch in Pankow.

Winter. Na also, in Tegel oder Pankow. Im Sommer?

Alice. Im Sommer ins Bad und im Herbst wieder nach Berlin . .

Winter (sonderbar). Auch 'n Leben!

Alice. Finden Sie nicht, daß das 'ne ganz anmuthige Abwechslung ist? So m a n n i g f a l t i g! So . .

Winter. So ereignißreich!

Alice. Ja, so e r e i g n i ß r e i c h!

Schweigen.

103

Winter (zerstreut seinen Stiefel betrachtend). Und das soll immer so weiter geh'n? .. Wissen Sie, Fräulein Alice, ich beneide Sie nicht. Wirklich nicht.

Alice (humoristisch). Ich weiß auch nicht, Herr Winter! Sie sind immer so anspruchsvoll.

Winter (zögernd, ruckweise, in den Pausen sich verlegen nach allen Seiten umsehend). Ja. . Nein, von m i r kann ich das nicht sagen .. Ich meine die Sache mit dem Rumkommen. Nein . . Mir ist das ziemlich schleierhaft. Ich hab' nämlich die Absicht . . Ich seh' mir schon ordentlich hier die Bäume an. . Die Sträucher. Gewissermaßen zum Abschied . .

Franziska. Wollen Sie denn fort?

Winter (verlegen lächelnd). Ja, ich hab' eigentlich die Absicht. So . . (Mit Geberde.)

Alice (sieht Winter erwartungsvoll an, schweigt aber).

Franziska. Wohin w o l l e n Sie denn?

Winter (noch immer verlegen). Ja, ich denke, d o c h gleich über's Wasser .. Wenn schon, denn schon! 's heißt, die Sache ist noch nicht sicher . . Aber doch s e h r möglich!

Beklommenes Schweigen.

Winter (plötzlich fester, entschlossener). Ja, es ist nothwendig. Wissen Sie, Fräulein Alice, ich glaub', man kann sich da drüben .. Na ja, man muß sich mal 'n bischen .. Amerika, Du hast es besser, als unser Continent, das alte, sagt der alte Goethe. Ja, ja, unser' altes Europa! Wir sind a u c h alt. Ich glaub', da drüben kann man wieder j u n g werden. Gott, man ist ja noch jung ge n u g, ja! Aber so die rechte i n n e r e Jugend! So die rechte L e b e n s freudigkeit!

Alice. Ich denke, Sie sprachen mal vor einiger Zeit davon. Ich denke, die h a b e n Sie schon?

Winter. H a b e n?! Man hat's und man hat's auch nicht. Ja, Gott, man bildet sich das e i n! Aber so die rechte Lebensfreudigkeit!

Alice. Sind Sie schon fest entschlossen, Herr Winter?

Winter. Ja, Fräulein Alice, ich bin doch eigentlich fest entschlossen. (Stockend.) Wir werden uns . . Ich meine . . Ich werde nicht übermäßig oft mehr das Vergnügen haben . .

Leichte Verbeugung.

Alice (sich humoristisch gleichfalls verbeugend). Ah, ich d a n k e sehr! Ganz auf unserer Seite! .. Sie halten übrigens nett Ihre Versprechen!

Winter (verlegen). In wiefern?

Alice. Sie wissen das wohl gar nicht mehr? Na, denken Sie nur nach!

Winter (nachdenkend, verlegen). Versprechen?! Ich weiß wirklich nicht. (Plötzlich.) Ach mit dem jour fix meinen Sie? Ja?

Alice. Ja, thun Sie man noch so!

Winter (mit melancholischer Lustigkeit). Ich kann ja dann immer rüberkommen. An den Tagen ..

Alice (lacht auf.) Ja!

Winter. Ja, das läßt man im Stich. Glauben Sie mir, 's wird mir nicht leicht werden.. (Versinkt in sich.)

Alice (sieht ihn aufmerksam an, schweigt aber).

Winter (sich aufraffend). Aber es ist nothwendig! Man muß ein Ende machen. Unbedingt! Radikalkur! So oder so! .. Kennen Sie die Geschichte von dem Mann, der auszog, seine Jugend zu suchen?

Alice (ebenso fortfahrend). Und viel älter zurückkam ..

Winter (mit sonderbarem Lächeln). Meinen Sie? Hm .. (Versinkt in Nachdenken.)

Schweigen.

Franziska. Geh'n Sie mit Herrn Lutz zusammen?

Winter. Mit Lutz? Nein, ich geh allein .. d. h. also .. Ja. Also .. Nein, mit Lutz geh' ich nicht. Der reist nu wohl auch bald?

Alice. Ich denk', in den nächsten Tagen.

Franziska. Sie reisen wohl auch schon?

Winter. Ja, es kann sehr bald sein. (Verlegen lächelnd.) Vielleicht bin ich heut zum letzten Mal hier .. Ist doch eigentlich recht schön hier draußen. So tief still! So beruhigend! Sehr beruhigend! Wenn nicht manchmal das Hahnenkrähen ..

Alice. Die Hähne kräh'n so viel heute. Meinen Sie, daß es regnen wird?

Winter (zerstreut zu den Wolken aufsehend). Ach .. Wissen Sie, so als ob das Leben schon hinter einem läge ..

Alice. Wünschen Sie das?

Winter. Was meinen Sie, Fräulein Alice, wenn wir uns nach 30 Jahren wiederſehen . . ?

Alice. Sie denken alſo zurückzukommen?

Winter. Ja das denk' ich auch. Gewiß denk' ich das! Wenn man geſund geworden iſt. Ja, alſo nach 30 Jahren . . Ich ſeh' das ſo deutlich! So deutlich!

Alice. Da bin ich 'ne olle Klavierlehrerin!

Winter (erſtaunt). Was ſind Sie?

Alice. 'ne olle Klavierlehrerin. Ich denke, ſie ſehen das ſo deutlich?

Winter. Ja, gewiß, in anderer Beziehung! Thu' ich auch! Aber grade Klavierlehrerin? Wie kommen Sie darauf? Wer ſagt das?

Franziska. Ach, ſie thut ja blos ſo. Fritz der ſagt immer . .

Alice. Bitte ſehr, Du weißt recht! Is mir ſehr ernſt damit!

Franziska. Na, Alice! Fritz ſagt, wir ſollen uns nämlich jeder 'n Beruf ſuchen. Er meint, wir können nicht immer zu Haus ſitzen.

Alice. Was halten Sie für beſſer? Klavierlehrerin oder Krankenpflegerin?

Winter (achſelzuckend). Hm . . Ja Gott, ich muß ſagen . . Mir würde beides nicht übermäßig . . Ihnen?

Alice. Ich halte Krankenpflegerin für'n ganz ſchönen Beruf.

Winter. Meinen Sie? Ja, ja. Na abgeſeh'n davon . . Vorläufig iſt es ja noch nicht ſo weit. Und dann . . Nein, Fräulein Alice, was Sie auch ſein werden . . Hoffentlich nicht Klavierlehrerin! . . Aber alt kann ich Sie mir nicht vor= ſtellen.

Alice (hat aufmerkſam zugehört). Warum nicht, Herr Winter?

Winter. Sie bleiben immer jung! Sie können gar nicht alt ausſeh'n! Sie haben ſo was, Fräulein Alice!

Alice. Ich weiß aber nicht. Ich fühl' mich jetzt ſchon ſehr alt.

Winter. Gott, die Jahre werden bei Ihnen nicht ſpurlos vorüber geh'n, aber . . Ja, eben, weil Sie ſich jetzt ſchon ſo alt fühlen . . Weil Sie innerlich alt ſind . .

Alice. Sie meinen, ich bin jetzt schon 'ne alte Schachtel?

Winter (unwillig). Ach! Das hab' ich nicht gesagt! Aber Sie verzehren sich nicht. Solche Menschen conserviren sich. Sie werden sich doch nie verzehren, Fräulein Alice?

Alice (lächelnd). Nein, Herr Winter.

Winter (unwillkürlich mitlächelnd). Seh'n Sie, jetzt lachen Sie! (Lacht plötzlich laut auf).

Alice. Sie lachen ja viel mehr als ich.

Winter (noch immer lachend.) Na, das ist doch auch zu komisch! Sie, sich verzehren?! (Lacht von Neuem.)

Alice (lacht mit).

Franziska (sitzt mit gelangweiltem Lächeln dabei).

Alice. Lieben Sie, wenn Jemand sich verzehrt? Ich finde es unpraktisch.

Winter. Das sind nicht die Schlecht'sten, Fräulein Alice. Ich kann mir das sehr gut vorstellen. Es giebt solche Momente .. Aber dann muß man ein Ende machen. Es kann solche Momente geben .. Glauben Sie mir das, Fräulein Alice?

Alice. O, warum nicht?! Denken kann ich mir das sehr gut, daß jemand .. Ich könnt's blos nicht.

Winter. Daß jemand so dumm ist, was? Ja, jeder ist auch nicht so praktisch wie Sie, Fräulein Alice. Seh'n Sie, das sind die Menschen, die an ihrer Glut verbrennen! Jeder ist nicht so kühl, wie Sie.

Alice. Meinen Sie? Jedenfalls kommt man aber am weitesten damit.

Winter. Das bezweifl' ich noch. Ich kann mir z. B. denken, daß einer, der sich mehr vom Gefühl . Also .. Oder eine .. daß die z. B. viel weiter kommt. Wirklich im höchsten Sinne weiter. Die Gefahr ist ja da viel größer. Man setzt eben Alles ein. Sie werden nie Alles einsetzen. Seh'n Sie, das ist eben das, wovon ich vorher sprach. Das ist das Alte! Man muß das Leben auch mal an sich rankommen lassen! Nicht blos so von oben runter! Aber dazu sind Sie eben zu alt .. Innerlich. Es giebt viele solche Menschen, haben Sie das noch nie gefunden?

Alice. Ich weiß nicht, ich fühl' mich ganz wohl dabei.

Winter (nachdenklich, träumerisch). Ja, es giebt viele solche

Menschen. Aber bei Ihnen is das besonders stark. Wissen Sie, so was, wie ein kühler, heitrer Herbsttag! Der Sommer liegt schon so weit.. So über Mittag. Die Sonne scheint. Ja. Glanz, aber keine rechte Wärme! So was Melancholisches!.. Ja, ja, Fräulein Alice, Sie haben was Herbstliches!

Alice (seltsam). Es fiel ein Reif in der Frühlingsnacht! Ach so, in der Herbstnacht ..

Winter (sieht erstaunt auf, blickt Alice voll ins Gesicht).

Schweigen.

Winter. Wissen Sie, Fräulein Alice, ich bedaure Ihren Mann ..

Alice. Den ich nicht haben werde.

Winter (sieht sie an, ohne zu antworten).

Alice (humoristisch). Ja, ja, Sie brauchen mich nicht so anseh'n.

Winter (nachdenklich). Es ist vielleicht auch am besten für Sie. Ich glaub' wirklich, Sie können nicht lieben. Nein, in allem Ernst!.. Sie müssen mir das nicht übel nehmen!

Alice. Durchaus nicht, Herr Winter! Ich weiß das selbst ganz gut.

Winter. Ja, ich glaube, ich kenn' Sie jetzt. Früher hab' ich mal .. Na, jedenfalls, was Ihre geistige Bedeutung anbetrifft .. Ihren Verstand. Allen Respekt! Da trau' ich Ihnen das Höchste zu .. Aber lieben können Sie nicht, Fräulein Alice. Schade, daß Sie kein Mann geworden sind!

Alice. Ja, das hab' ich auch schon oft bedauert.

Winter. Sie haben Ihr Geschlecht verfehlt. Grad' auch, was z. B. Freundschaft anbetrifft. Das is ja so was Männliches. Ich glaub', zur Freundschaft eignen Sie sich. Was meinen Sie dazu?

Alice (zuckt die Achseln).

Winter. Ja wirklich, ich glaube das. (Plötzlich.) Was meinen Sie, Fräulein Alice, unsre Freundschaft wollen wir uns bewahren, nicht wahr?

Alice (schweigt).

Winter. Wirklich, Fräulein Alice, das können Sie! Zwei Menschen, wie wir! Nicht wahr, das können Sie mir versprechen? Wir bleiben gute Freunde, ja?.. Und wenn wir uns mal wiederjehn .. Sie wissen ja, nach dreißig Jahren. Was meinen Sie dazu?

Schweigen.

Winter (dringend). Fräulein Alice?!

Alice. Ja, Herr Winter, ich kann nichts versprechen. Ich weiß nicht, wie ich darüber noch denken werde.

Winter (schmerzlich). Aber warum nicht, Fräulein Alice?

Alice. Ich glaub', ich werd' noch ohne Alles auskommen. Ich brauch' auch keine Freundschaft. Ich glaub!, ich brauch' Niemand ..

Langes Schweigen.

Alice. Entschuldigen Sie, Herr Winter! 'n Augenblick, ich will mal nachseh'n, ob Mama schon auf ist.

Winter (verbeugt sich stumm).

Alice (ab).

Schweigen.

Franziska. Wissen Sie schon, daß die Palme ver= welkt ist?

Winter (einsilbig). Welche Palme?

Franziska. Wissen Sie nicht, die Sie uns zu Weih= nachten gebracht haben?

Winter (schwermüthig). So so?

Franziska. Alice hat sie nicht begossen, jetzt, wo Mama weg war. Mama hat schon so gescholten.

Winter. Ganz verwelkt? Nichts mehr zu machen?

Franziska. Ja, ganz verwelkt! Alice is das Alles zu langweilig.

Kurze Pause.

Winter. Darf ich Ihnen einen Rath geben, Fräulein Fränze? Gewissermaßen zum Abschied.

Franziska (sieht ihn an).

Winter. Werden Sie nicht so, wie Alice! Für Sie paßt das nicht! Sie sind anders.

Franziska (achselzuckend). Das kommt aber von selbst, Herr Winter.

Winter (tief Athem holend). Traurig!

Franziska (zuckt schweigend die Achseln.)

Vorhang.

Fünfter Aufzug.

Winters Wohnung. Erkerzimmer. Folgender Tag, gegen Mittag. Erker=
fenster wieder weit geöffnet. Der Frühling fluthet in vollen Wogen ins
Zimmer hinein. Ueber den Grabresten und Grabgittern gegenüber wölben
sich die Kronen der alten Bäume zu einem dichten Laubdache. Mittags=
sonnenglanz.

Luise (steht an einem Tischchen, wendet Winter den Rücken zu, senkt
den Kopf).

Winter (hinter ihr, weich). Willst Du mir nicht antworten,
Luise? Was soll das? (Deutet auf einen halb gepackten Koffer, der
am Tischchen steht.)

Luise (sehr leise). Nichts. Ich pack...

Winter (dumpf.) Für wen? Für uns? Für uns're
Reise?

Luise (schüttelt den Kopf.)

Winter. Kind?!

Luise (leise, gepreßt). Ich will geh'n.

Winter. Geh'n? Aber mit mir zusammen!

Luise (schüttelt in tiefem Sinnen den Kopf.)

Winter (schwer). Also, Du willst wirklich geh'n? Allein
geh'n? Wirklich?

Luise (nickt).

Winter. Und ich?

Luise (zuckt die Achseln).

Winter (schwermüthig). Ich soll auch allein geh'n! ..
Jeder für sich! Und dann thun wir, als ob **nichts** gewesen sei.

Luise (senkt den Kopf tiefer).

Winter (düster vor sich hinsprechend). Als ob **nichts** gewesen sei .. Vielleicht war auch nichts. **Dann** freilich ..

110

Luise (zittert leise).

Winter. Kannst Du mir das anthun, Kind?

Luise (schweigt).

Winter. Luise, ich hab' ja Alles and're .. Soll ich ganz allein ..

Luise (schweigt.)

Winter (weich.) Luise, komm mit, ja? (Legt den Arm leicht um ihre Taille.)

Luise (schweigt).

Winter (erregt). Ich kann mir das nicht denken! .. Ich kann mir das nicht denken!! (Geht auf und ab, bleibt dann hinter Luise stehen.) Ich kann ja nicht ohne Dich .. (Erwartet eine Antwort. Da sie schweigt, plötzlich scheinbar ruhig.) Du hast mich gar nicht mehr lieb? .. Gar nicht mehr?!

Langes Schweigen.

Winter (sehr schwer). Dann freilich .. Dann müssen wir wohl ..

Luise (preßt krampfhaft den Kopf auf den Tisch.)

Winter. Dann ja ..

Luise (setzt sich auf den Stuhl, der vor dem Tischchen steht und legt schluchzend den Kopf auf das Tischchen).

Winter (steht einen Augenblick wie in verlornem Sinnen da, plötz=lich in ausbrechender Verzweiflung sich zu Luise stürzend). Kind .. kannst Du denn nicht .. (Bricht mit ersticktem Schluchzen neben ihr zusammen.)

Luise (erschrocken sich über ihn beugend, mit inniger Liebe). Ach Ernst! .. Ernst!! (Umschlingt ihn mit leidenschaftlichen Liebkosungen.)

Langes Schweigen.

Winter (sich bezwingend, etwas ruhiger, sehr weich). Kind??! (bricht ab, sieht sie voll an.)

Luise (noch einmal aufschluchzend). Lieber Ernst!! .. Ich will ja ..

Winter (wieder ruhiger, zieht sich einen Stuhl heran.) Aber ..?

Luise (ebenfalls ruhiger, leise). Ach, Du willst mich ja nicht ..

Winter (hat sich neben sie gesetzt, vorwurfsvoll, weich). Ich will Dich nicht?!

Luise. Du wollt'st doch ohne mich reisen. Lüg' nicht!

Winter. Ach Kind, ich wußte überhaupt nicht, was ich wollte Das mußt Du schon nicht .. Das ist jetzt vorbei! .. Das liegt jetzt hinter mir.

Luise. Und dann ist es ja auch zu Deinem Besten.

111

Winter. Zu meinem Besten?!

Luise. Ja Ernst, ich glaub' wirklich, Du mußt allein geh'n.

Winter. Aber ich nicht! Ich glaub' das nicht! Wir beide müssen zusammen geh'n. Was willst Du denn hier allein anfangen?

Luise (gepreßt). Ich werd' schon durchkommen.

Winter (wieder erleichtert). Ach, Du Eselchen! Also, Du wirst schon durchkommen? Ohne mich, ja? (Legt den Arm um sie.)

Luise (leicht an ihn gelehnt, leise). Du hast Schuld.

Winter (zärtlich). Was?

Luise (leichter). Siehst Du, jetzt brauch' ich Dich nicht mehr. Warum hast Du immer gesagt, ich soll lernen! Jetzt hast Du's.

Winter. Ja ja, jetzt hab' ich's! Uebrigens gebraucht hast Du mich doch eigentlich nie.

Luise. Du hast mich doch genug geplagt, ich soll lernen. Du Wütherich, Du! Siehst Du, jetzt komm ich auch zur Strafe nicht mit.

Winter. Na, wenn ich aber sehr bitte.. Dann läßt Du Dich erweichen, ja?

Luise (wieder ernster). Ernst, hast Du das auch Alles bedacht?

Winter. Ja Kind, da is gar nichts mehr zu bedenken. Das steht fest.

Luise (lehnt sich an ihn und sieht ihm voll in die Augen).

Kurzes Schweigen.

Winter. Also, es bleibt dabei?

Luise. Warum willst Du mich eigentlich mithaben? Was hast Du an mir?

Winter. Alles, Kind! Ich hab' alles an Dir. Wir beide gehören zusammen.

Luise. Bin ich Dir auch nicht zu dumm?

Winter (scherzend unwillig). Ja! Wenn Du so dumm fragst.

Luise (sucht sich von ihm loszumachen). Nein, dann komm' ich überhaupt nicht mit.

Winter. Na ja, is doch wahr! Wenn Du so dumm fragst ·

112

Luise. Nein, das mußt Du mir sagen. Sonst komm ich nicht mit. Da drüben kann man blos Kluge brauchen.

Winter (drückt sie an sich). Meinst Du? Na ja!

Luise (in seinen Armen, vorwurfsvoll). Du hast doch gemeint, ich bin dumm?

Winter (ernst). Nein, Kind, das hab' ich nie gemeint.

Luise (ihn ansehend). Na, Du?!

inter. Nein, Kind, aber ich hab' mich oft geärgert, daß Du in manchen Dingen so .. Aber das is ja ganz klar. Jeder hat eben sein Gebiet, wo er .. Mir geht's ja schließlich auch so. Siehst Du, und das weiß ich jetzt. Das ist der Unterschied. Früher wußt' ich das nicht. Merkwürdig eigentlich! Eigentlich is das doch selbstverständlich. Aber so geht das! Man muß das Alles erst durchmachen. Du kannst mir glauben, ich werd' Dich jetzt nicht mehr so plagen. Jetzt beginnen wir eine neue Epoche. Weißt Du, wie die heißt?

Luise (sieht ihn an).

Winter (ernst). Die heißt Gleichberechtigung. Jeder auf seinem Gebiet!

Luise (zärtlich). Mein lieber Ernst! (Plötzlich traurig.) Du, Ernst?

Winter. Ja, Kind?

Luise (traurig). Hab' ich wirklich kein Interesse für Litteratur? Und auch nicht für Kunst? Für Malerei?

Winter. Ja Kind, eben dafür hast Du Interesse. Und das genügt ja in diesem Falle. (Humoristisch.) Meine Werke!

Luise. Die les' ich Alle!

Winter. Wenn sie geschrieben sind! Na, das is Recht von Dir, Kind! Doch wenigstens einer! Also .. Ja, aber für manche and're Dinge hast Du weniger Interesse. Na, rath' mal z. B.!

Luise. Geographie?

Winter (strafend). Ja, Geographie!

Luise. Ach, die dumme Geographie!

Winter (plötzlich). Na, die werden wir nu aus eig'ner Anschauung kennen lernen. Die Geographie! .. Also, hörst Du, Kind, wir reisen?

Luise (leise) Ja, Ernst.

Winter. Zusammen?!

Luise (legt schweigend ihre Arme um seinen Hals).

Schweigen.

Winter (fest.) Also zusammen!

Luise. Ernst, weißt Du was?

Winter. Na?

Luise. Ich freu' mich so, daß ich in die Welt raus=
komm'. Ach, ich bin so froh!

Winter. Das kannst Du auch, Kind! Das können wir
auch! Siehst Du, jetzt kommen die Wanderjahre! Was meinst
Du, wir wollen's der Welt zeigen! A n g s t haben wir n i c h t!

Luise. Wo wird mein Ernst Angst haben!

Winter. N u m werfen wollen wir uns lassen! Das
soll ein Spaß werden! Und wo wir hinfallen .. Ganz e g a l
wo! D u r c h beißen werden wir beide uns schon! Soviel
können wir schon, was meinst Du?!

Luise. Du weißt ja, was ich kann!

Winter. Na, siehst Du! Na, und ich? Irgend was
wird man schon zu Stande bringen .. So oder so!

Luise. Du kannst A l l e s, Ernst!

Schweigen.

Winter (plötzlich nachdenklich). Das liegt jetzt h i n t e r
uns! Tief (aufathmend). Das haben wir h i n t e r uns ..

Luise. Was, Ernst?

Winter. Was? Das! Etwas! Etwas haben wir hinter
uns! ..

Luise. Du, ich weiß schon.

Winter (trübe). Weißt Du schon?

Luise. Hast Du schon Adieu gesagt?

Winter (tief aufathmend). J a!

Schweigen.

Winter (sehr nachdenklich). Siehst Du, Du hast mich ver=
standen. Oder eigentlich mehr gefühlt. Das ist es! Das
muß man k ö n n e n ..

Luise (leise). Denkst Du noch an den Juniabend?

Winter. Ja, Kind, an den dacht' ich eben. Seitdem
ist viel passirt.

Schweigen.

Winter. Ja, die Sache ist e r l e d i g t! .. Wir haben
hier eigentlich kaum noch was .. Blos eins!

Luise (sieht ihn fragend an).

114

Winter (ehr ernst). Ich hab' an meine Mutter geschrieben. Ich denk', sie muß heute kommen.

Luise (erschreckt). Ernst!

Winter (achselzuckend). Ja, 's muß sein! Ich kann nicht so weg geh'n. Na, im Uebrigen sind wir ja fertig. Die nöthigsten Sachen packst Du, nicht wahr, Kind? Und jetzt für uns b e i d e, ja?

Luise (ihn umschlingend). Mein L i e b s t e r!

Schweigen.

Winter (zärtlich). War das wirklich Dein Ernst? Wollt'st Du mich wirklich allein lassen?

Luise. Das glaubst Du mir wohl nicht?

Winter. Weißt Du, ich glaub' das, ja! Ich trau' Dir das zu.

Luise. Aber glaub' mir, ich hätt' keinen mehr genommen.

Winter. Wirklich nicht?

Luise. Nein! Nach Dir hätt' ich keinen Andern mehr vertragen.

Schweigende Umarmung. Es schellt draußen.

Winter (sich losmachend). Siehst Du nach, Kind? Oder wart', ich werd' . . Wenn das nur erst vorbei is!

Luise (ängstlich). Ich möcht doch lieber . .

Winter (im Gehen). Was?

Luise. Wenn Deine Mutter kommt . . Soll ich nicht . .?

Winter. Dazu ist immer noch Zeit. Du meinst doch, ins Nebenzimmer geh'n?

Luise (nickt).

Winter. Wenn sie's wirklich ist, kannst Du ja . . (Es schellt draußen zum zweiten Male) Ja, ja, ich komm schon. (Ab.)

Luise (unruhig an der Thür zum Nebenzimmer, deren Griff sie in der Hand hält).

Lutz (tritt ein, macht stumme Verbeugung vor Luise).

Luise (erwiedert dieselbe, im Begriff, zu gehen).

Winter (ist hinter Lutz eingetreten). Aber Kind, b l e i b' doch!

Lutz. Bitte sich meinetwegen nicht zu geniren!

Luise (eilfertig). Ach, ich danke, ich muß noch . . (Ab ins Nebenzimmer.)

Lutz (im Zimmer stehend). Ich komm' Dir also Adieu sagen

Winter. Na nu, so eilig? Setz' Dich doch wenigstens!

Lutz. Danke! Keine Zeit! Muß noch packen. Ich höre, Du willst auch weg. Sehr überrascht!

Winter (vor Lutz). Nicht wahr? Ja, 's is nothwendig.

Lutz. So so? Na man druff!, Immer druff!

Winter. Fällt Dir der Abschied von Berlin schwer?

Lutz. Du gehst ja auch. Fällt er Dir schwer?

Schweigen.

Winter. Warst Du schon bei Hagens?

Lutz. Ja gestern.

Winter. Gehst Du noch mal hin?

Lutz. Nein. Du?

Winter. Nein.

Schweigen. — Beide sehen sich an.

Winter. Wann fährst Du?

Lutz. Heut' Abend um Sieben.

Winter. Ist Dir's Recht, wenn ich noch zum Bahnhof komm'?

Lutz. Thu, was Du nicht lassen kannst.

Winter. Gut, ich komm' also.

Lutz. Aber Du thust mir 'n größern Gefallen, wenn Du nicht kommst.

Winter. Warum?

Lutz. Ich will allein sein.

Winter. Du willst allein sein . .

Schweigen.

Winter. Weißt Du, daß Luise mit mir geht?

Lutz. Nein, aber ich kann mir's denken.

Winter. Und Du gehst allein?

Lutz. Ja. Lebwohl! Reich' mir Deine biedere Rechte!

Winter (seine Hand schüttelnd, herzlich). Leb'wohl, Mann! Vielleicht seh'n wir uns mal.

Lutz. Vielleicht! . . Amerika ist zwar groß . .

Winter (freudig). Ach Du, wir treffen uns sicher. So mittendrin! Paß' auf! . . Na, dann hoffentlich als and're Menschen. Was meinst Du?

Lutz. Hoffen wir's! Lebwohl!

Winter. Lebwohl!

Lutz. Und grüß Deine Geliebte!

116

Winter (herzlich). Ich danke Dir.

(Beide schütteln sich die Hände und schauen sich voll an.)

Lutz (wendet sich zur Thür mit gesenktem Kopf).

Winter (begleitet ihn).

Lutz (ab).

Winter (hat ihn bis zur Corridorthür gebracht, kehrt zurück, geht nachdenklich im Zimmer auf und ab, summt leise vor sich hin.

Haben diesen Klang, diesen holden Klang
Besser wie vordem verstanden.

(Bleibt an der Thür des Nebenzimmers stehen, im Begriff sie zu öffnen, als es draußen schellt. Geht eilig zur Corridorthür, öffnet sie, ab auf den Corridor. Draußen gedämpfte Stimmen. Nach einem Augenblick)

Frau Winter (sich flüchtig umsehend, hinter ihr)

Winter. Komm hierher, Muttchen, ja? (Weist auf einen der Sessel).

Frau Winter (sich setzend). Ein schönes Zimmer!

Winter. Nicht wahr? Hübsch eingerichtet? Ja, siehst Du! Du warst schon lang' nicht bei mir.

Frau Winter. Deinen Brief bekam ich gestern morgen, Ernst.

Winter. Na ja, ich dachte mir. Vorgestern schickt' ich ihn ab. Ich hatt' Dich auch heut erwartet, Mama.

Frau Winter (sehr ernst, wie während des ganzen Gespräches). Willst Du nicht bleiben, Ernst?

Winter. Muttchen, ich hab' Dir doch Alles . . Du mußt das doch selbst einseh'n.

Frau Winter. Ernst, mir zu Liebe, bleib'!

Winter (weich). Muttchen, mach mir das Herz nicht noch schwerer! 's wird mir schon so schwer genug!

Frau Winter. Ernst, ich bleib' allein! (Beißt die Zähne zusammen und wendet ihr Gesicht ab.)

Winter. Liebe Mutter, Du mußt nicht . . (Stöhnt auf.) O Gott! (Plötzlich.) Du hast ja noch Lina.

Schweigen.

Frau Winter (fester). Kannst Du nicht anders? Gar nicht anders?

Winter (ebenfalls fester). Nein, Mutter, ich muß! Ich muß!

Frau Winter. Das hat man von seinen Kindern!

Winter (gepreßt). Du hast ja noch Lina.

117

Frau Winter. Lina ist 'n Kind. Aber von Dir hatt' ich mehr gehofft. Man muß nichts von seinen Kindern hoffen.

Winter. Ich denk', Du sollst Dich nicht getäuscht haben. Eben darum!

Frau Winter. Ernst, Du weißt, was ich für 'n Leben gehabt hab'.

Winter (düster). Ja, das weiß ich! Das ist auch so etwas. Siehst Du, Ihr Beide . .

Frau Winter. Kannst Du mir das jetzt anthun?

Winter (verzweifelt). Du bringst mich . . Thu mir den Gefallen! Ich kann nicht anders! Ich kann nicht anders! (Ruhiger.) Wenn ich mal was leisten will, muß ich jetzt weg. Eben darum!

Frau Winter (steht auf und geht an's Fenster).

Winter (steht auf und geht zu ihr, gerührt). Wein' nicht, Muttchen! Wir seh'n uns wieder.

Frau Winter (leise). Nein, Ernst, wir seh'n uns nicht wieder.

Winter (zuversichtlich). Ja gewiß seh'n wir uns wieder. Ich weiß das ganz genau. Ja, Muttchen, komm! Setz' Dich wieder, ja? (Führt sie wieder zum Sessel, leichter.) Siehst Du, das ist doch schließlich 'ne ganz nothwend'ge Sache . . daß die Jungen ausfliegen. Das gehört eben zur Jugend.

Frau Winter. Das ist es ja auch nicht. Das seh' ich ja ein, aber . .

Winter. Was, Mamachen?

Frau Winter (plötzlich). Weißt Du, Ernst, die heut'ge Jugend hat so 'ne ganz and're Moral.

Winter (achselzuckend). Ja . .

Frau Winter. Ich war doch auch mal jung. Aber zu meiner Zeit war das ganz anders. Gewiß ist man mal jung. (Traurig). Aber, weißt Du, Ernst, ihr habt so gar keine Moral.

Winter (achselzuckend). Jedenfalls 'ne andre.

Frau Winter. Nein, nein, das ist das Furchtbare . .

Schweigen.

Winter (stockend). Willst Du . . Willst Du sie seh'n? (Deutet auf's Nebenzimmer).

Frau Winter (schüttelt schweigend den Kopf).

Stummes Spiel.

118

Winter (plötzlich). Liebe Mutter, willst Du sie nicht doch seh'n?

Frau Winter (ruhig). Nein, Ernst, verlang' das nicht!

Winter (ausbrechend). Mutter! Luise ist mein Alles!

Schweigen.

Frau Winter (mit ihrer Bewegung kämpfend, nach einer Weile). Ernst, heirathe sie, mach sie zu Deiner Frau! Ich will Alles vergessen! Blos nicht dieses unmoralische Verhältniß!

Winter (in schwerem Kampf). Mutter, ich kann doch nicht!

Frau Winter (fortfahrend, eindringlich). Daß 'n junger Mann kein Engel ist, das weiß ich. Aber dann muß man das auch gut machen.

Winter. Mutter, kannst Du nicht begreifen, warum wir frei bleiben wollen? (Mit Bedeutung.) Du solltest das doch begreifen.

Frau Winter (senkt schweigend den Kopf.)

Winter. Weißt Du, woher ich meine Ansichten habe?

Schweigen.

Winter. Ich hab' das als Kind geseh'n. Siehst Du, ich weiß, was das bedeutet .. Wenn zwei Menschen gebunden sind. Ich hab' das an Euch geseh'n. Daher weiß ich das. (Schweigt, dann plötzlich entschlossen.) Und darum kann ich nicht anders.

Frau Winter (erschüttert). Hast Du gar keine andern Lehren mitgenommen .. Aus Deinem Vaterhaus? (Dumpfes Schweigen.)

Frau Winter (gefaßt). Ja, ich kann Dich nicht halten.

Winter. Mutter, willst Du sie nicht seh'n? Wirklich nicht?

Frau Winter. Ich kann nicht, Ernst! Ich kann auch nicht! (Erhebt sich.)

Winter (sich ebenfalls erhebend). Mutter, soll ich Dir auch nicht schreiben?

Frau Winter (schwer). Ja, schreib, mein Sohn! (Plötzlich ausbrechend.) Gott segne Dich!

Winter (umarmt schluchzend seine Mutter.

Frau Winter (im Begriff zu gehen). Ernst, ich hab' auch Lina mit.

Winter (weich). Ja, Mutter, ich komm noch. Wir seh'n uns noch. Ich komm heut Abend noch. (Begleitet sie zur Thür.)

Frau Winter (sich noch einmal umwendend). Vergiß Deine Eltern nicht g a n z, Ernst! (Letzte Umarmung.)

Winter (begleitet sie hinaus, man hört draußen ihre gedämpften Stimmen, dann wird die Thür geschlossen).

Winter (kommt wieder hinein, setzt sich auf einen Seisel, preßt den Kopf in die Hand).

Luise (kommt aus dem Nebenzimmer, sieht sich erregt um, geht zu Winter, legt ihren Arm um seinen Hals. Ernst?!

Winter (fährt zusammen, drückt krampfhaft ihre Hand, stöhnt tief auf).

Binder (ist hinter Luise eingetreten, sehr ernst). War Deine Mutter da?

Winter (sieht auf, erhebt sich, reicht Binder die Hand, tief aufathmend). Ja, sie war da. Und jetzt ist sie w e g ! . . Jetzt steh'n wir auf u n s. (Zieht Luise zu sich.)

Binder. Ich hab' mir heut' Nachmittag frei gemacht. Wir wollen zusammen sein, wenn's Dir recht ist?

Winter (herzlich). Ja, Mann, das w o l l e n wir! Zum letzten Mal!

Binder (düster, betrachtet Winter und Luise). Ihr steht jetzt zusammen. Und Ihr b l e i b t auch zusammen. Das is nu mal Euer Schicksal.

Winter (leichter). So, Mann, jetzt wollen wir Dir also feierlich unsere Wohnung übergeben. Bis morgen läßt Du uns aber noch drin, ja?

Luise (traurig.) Unser schönes Zimmer! (Verbirgt den Kopf an Winters Brust.)

Winter. Ja, es war schön hier. Trotz allem! Sieh nur dieses Meer von Licht da im Erker! Das ist die Zukunft.

Binder. Deine!

Winter (freudig). D e i n e, denk' ich! Du wirst doch hier sein. Du wirst hier sein arbeiten können, Mann! Und vielleicht, wer weiß . . (Droht ihm mit dem Finger.)

Binder. Nein, darauf hab' ich verzichtet. Eins oder das Andre! Ich hab' das A n d r e genommen.

Winter. Und das ist?

Binder. Wenn's was ist, dann ist es die Kunst. Du hast Beides.

Winter. Du, wenn's da drüben in den Bäumen rauscht .. In den alten .. So wie jetzt. Dann denk an uns.

Binder. Ja, an die letzten Menschen, die mir nu auch .. (Es schellt draußen. Luise fährt zusammen, eilt hinaus, läßt die Thür offen. Man hört eine dröhnende Stimme: Wohnt hier der Schrift=steller Ernst Winter?)

Luise (kommt angstvoll hinein). Du, Ernst, da ist 'n Schutzmann!

Winter (freudig). So? Wirklich?! Nur immer rein! (Geht zur Thür.)

Der Schutzmann (tritt ein, mit dröhnender Stimme zu Winter) Sind Sie der Schriftsteller Ernst Winter?

Winter. Ja, zu dienen. Was wünschen Sie?

Luise (angstvoll zu ihm). Ernst!

Winter. Hab' keine Angst, Kind!

Der Schutzmann (hat in seiner Uniform nach seiner Brieftasche gesucht, zieht daraus ein Amtsschreiben vor). Ich hab' ein Schreiben für Sie, Herr Winter. (Uebergiebt es.)

Winter (erbricht es ruhig, durchliest es, belustigt). Du, Kind, die Polizei fragt an, in was für 'ner Stellung Du bei mir bist? Ob als Haushälterin oder wie? Oder ob wir so zu=sammen leben?

Luise (senkt den Kopf)

Binder. Also doch!

Der Schutzmann. Wollen Sie selbst auf's Revier kommen, Herr Winter? Oder soll ich die Antwort bringen?

Winter (freudig). Ja, ja, sagen Sie nur, wir reisen schon! Wir reisen schon! Morgen um diese Zeit sind wir schon weg!

Vorhang.

Druckfehlerberichtigung.

Seite 64, 18te Zeile von oben soll es statt Socialdemokratine Socialdemokratin heißen.

Von
demselben Verfasser
erschien im Verlage von

HINRICUS FISCHER Nachfolger

NORDEN 1889

 EIN EMPORKÖMMLING.

SOCIALES DRAMA.